박지성, 11살의 꿈 세계를 향한 도전

북오션은 책에 관한 아이디어와 원고를 설레는 마음으로 기다리고 있습니다. 책으로 엮기를 원하는 아이디어가 있으신 분은 이메일(bookrose@naver.com)로 간단한 개요와 취지, 연락처 등을 보내주세요. 망설이지 말고 문을 두드리세요. 길이 열릴 것입니다.

박지성, 11살의 꿈 세계를 향한 도전

초판 1쇄 발행 | 2010년 6월 25일
초판 7쇄 발행 | 2011년 2월 20일
개정 1쇄 발행 | 2011년 5월 15일
개정 3쇄 발행 | 2011년 7월 1일
지은이 | 이채윤
펴낸이 | 조종현
펴낸곳 | 스코프
일러스트 | 허한우

종 이 | 페이퍼릿
출 력 | 푸른서울
인 쇄 | 정민문화
출판신고번호 | 제313-2007-000197호

주 소 | 서울시 마포구 서교동 468-2번지
이메일 | bookrose@naver.com
전 화 | (02)322-6709
팩 스 | (02)3143-3964

ISBN 978-89-93662-39-9 (63810)

*책값은 뒤표지에 있습니다.
*잘못 만들어진 책은 구입하신 서점에서 교환해 드립니다.

박지성,
11살의 꿈
세계를 향한 도전

이채윤 지음
허한우 그림

아동도서브랜드
SCOPE

이야기를 시작하며

지구는 둥글지요? 해도 달도 하늘에 떠 있는 별도, 축구공도 둥급니다. 우리들은 별을 차올리듯 축구공을 차올리면서 꿈을 키워갑니다. 유난히 공을 좋아하는 어린이도 있고 별을 더 좋아하는 어린이도 있겠지요. 하지만 어린이들의 세상에서는 축구공이나 별이 다를 게 없습니다. 물방울, 비눗방울, 바람과 햇살이 모두 다 동그랗게 둥둥 날아다니니까요. 모두들 사이좋게 무지갯빛으로 빛나는 것들 투성입니다.

450그램밖에 안 되는 축구공은 전 세계인들을 매료시키는 신기한 물건입니다. 이 둥근 공을 차올리면서 수많은 어린이들이 꿈을 꾸고 있죠.

박지성 선수도 여러분과 똑같은 꿈을 꾸었습니다. 축구공을 몰고서 전 세계를 돌아다니는 꿈을 꾼 것이죠. 그는 초등학교 시절 다른 아이들에 비해 키도 작고 몸집도 작았지만 축구 선수가 되고픈 마음만은 누구보다 크고 둥글었습니다.

아무도 알아주는 사람이 없어도 열심히 공을 차며 매일매일 연습했습니다. 가만히 있어도 땀이 뻘뻘 나는 무더운 여름이나 찬바람이 쌩쌩 불어대는 추운 겨울에도 변함없이 공을 찼습니다. 누가 시켜서 한 것이냐고요? 아니에요. 그저 축구가 재미있고 공을 찰 때 가장 행복했기 때문이죠. 또 축구공을 차며 전 세계를 누비고 싶다는 자신만의 꿈을 가지고 있었기 때문입니다.

박지성 선수는 중학생이 되고 고등학생이 되고, 대학생이 되어서도 축구공과 한 몸이 되어 운동장을 누볐습니다. 꿈을 이루기 위해서 뛰고 또 뛴 것입니다.

그는 지금 세계 최고의 스타플레이어가 되어 세계를 누비고 있습니다. 이 모든 것이 포기할 줄 모르는 도전과 용기에서 나온 것이죠. 어린이 여러분도 이 책을 읽고 박지성 선수의 도전과 용기를 배워서 자신의 꿈을 이루길 바랍니다.

이채윤

대한민국의 축구 아이콘

"슛~~~ 골인!"

'2010년 월드컵'이 열린 남아공에서 아나운서의 기쁨에 넘친 목소리가 울려 퍼졌습니다.

박지성 선수가 그리스와의 경기에서 상대 수비수를 제치고 40미터를 단독 드리블한 끝에 단 한 번의 슛으로 멋진 골을 넣은 것입니다. 텔레비전으로 이 광경을 지켜본 축구팬들은 역시 박지성이라는 찬탄을 절로 했습니다. 유럽의 프로무대에서 활약하는 선수다운 실력을 유감없이 발휘한 것이죠.

월드컵이 열린 남아공에서 지구 반대편에 위치한 대한민국 전체가 박지성 선수의 골세레머니에 맞춰 들썩거렸습니다. 역시 영웅은 영웅다웠습니다.

남아공월드컵에서 박지성은 팀의 주장으로서 솔선수범하는

플레이로 맹활약을 펼쳤고 사상 첫 원정 월드컵 16강이라는 쾌거를 이뤄냈습니다.

그런데 박지성 선수는 2011년 1월 31일, 축구회관에서 기자회견을 갖고 국가대표에서 은퇴하겠다고 선언했습니다.

박지성 선수는 나이가 많이 들었다거나 체력이 떨어져서 은퇴를 선언한 것이 아닙니다. 그것은 11년 동안이나 국가대표로 뛰었으니 그 자리를 후배들을 위해서 양보해야 한다는 판단 때문이었습니다. 그리고 유럽 무대에서 더 큰 활약을 하고 싶었기 때문입니다.

여러분도 잘 알고 있겠지만 박지성 선수는 2005년부터 현재까지 7년 동안 세계에서 가장 오래된 프로축구 리그인 잉글랜드의 프리미어 리그, 그중에서도 세계에서 으뜸으로 손꼽히는 명문구단 맨체스터 유나이티드에서 뛰고 있습니다.

맨체스터 유나이티드는 리그 15회 우승, FA컵 11회 우승이라는 기록을 가진 만큼 실력도 뛰어난 팀이지만, 약 8만 명을 수용하는 홈 경기장과 맨체스터 유나이티드의 경기만을 중계하는 별도의 방송국도 운영하고 있어 축구를 사랑하는 팬들이 언제든 축구를 즐길 수 있도록 해줍니다.

홈 경기장인 올드 트래포드에 경기가 있는 날은 경기장으로 향하는 붉은 물결이 파도치는 장관을 이룹니다. 초록 그라운드에 붉은 유니폼은 너무도 선명한 대비를 이룹니다.

맨체스터 유나이티드의 팬들은 한때 구단 매각설이 나돌자 수만 명의 시민들이 시청 앞 광장에서 반대 시위를 벌일 정도로 아주 정열적입니다.

이렇게 내로라 하는 실력과 열광적인 팬들을 끌고 다니는 맨체스터 유나이티드로 스카우트된 박지성은 사람들의 우려에도 불구하고 '베스트 11'의 자리를 확고하게 차지하며 세계적인 스타플레이어로 거듭나고 있습니다.

박지성은 맨체스터 유나이티드의 모든 공격 포지션을 소화해내면서 팀의 프리미어리그 3회 우승과 챔피언스리그 우승에 기여했습니다. 이렇게 한국 축구의 힘을 보여주면서 그는 한국 축구의 대표 주자로서 한국의 '축구 아이콘' 이 되었습니다.

국가대표라는 영광을 후배들에게 물려준 박지성 선수는 이제 유럽에서 더욱 대단한 활약을 펼칠 것입니다.

하지만 박지성이 어렸을 때부터 이렇게 세계적인 스타플레이어였을까요? 그렇지 않아요. 그는 운동선수로서는 악조건인 조그마한 키, 평발이라는 불리함을 딛고 '성실'과 '끈기'로 세계무대에 우뚝 선 것입니다.

폭풍 같은 질주, 현란한 발놀림, 곧바로 이어지는 절묘한 슛…… 드넓은 그라운드를 종횡무진 누비며 유럽 리그에서 맹활약하고 있는 박지성 선수를 보고 있으면 당장이라도 공을 차고 싶어 온몸이 근질근질하다고요?

그럼, 이제부터 세계적인 스타플레이어 박지성 선수와 함께 뛰어 볼까요? 출발!

 이야기 순서

첫 번째 이야기
축구밖에 난 몰라

두 번째 이야기
축구, 도대체 네가 뭐기에!

세 번째 이야기
가슴에서 빛나는 태극마크

네 번째 이야기
두 개의 심장을 가지고 뛰어라

일곱 번째 이야기
13번 박지성의 영원한 꿈

첫 번째 이야기

축구밖에 난 몰라

다섯 번째 이야기

축구 선수가 되고 싶어요!

지성이 초등학교 3학년이 된 어느 날이었습니다. 식구들과 둘러앉아서 저녁을 맛있게 먹다가 지성이가 심각한 얼굴로 말했습니다.

"저 축구 선수가 되고 싶어요."

아버지와 어머니는 어린 아들이 공을 가지고 놀기 좋아한다는 사실은 알고 있었지만, 축구 선수가 되겠다는 말에 걱정이 먼저 앞섰습니다.

"공을 차며 노는 것은 좋지만 축구 선수는 너한테 어울리지 않아."

아버지가 점잖게 아들을 타일렀습니다.

"아니에요. 저는 다른 아이들보다 공을 잘 차요. 다들 제가 공을 잘 찬다고 부러워해요."

이번에는 어머니가 말리고 나섰습니다.

"지성아, 너는 다른 애들보다 덩치도 작고 체력도 약한데 그 몸에 축구라니……."

지성은 거의 울듯이 말했습니다.

"전 할 수 있어요. 정식으로 학교 축구부에 들어가서 축구 선수가 되고 싶어요."

"그 이야기는 나중에 하고 밥부터 먹거라."

아버지는 식사를 마치고 조용히 밖으로 나가서 깊은 생각에 잠겼습니다. 지성은 그 후 며칠 동안 부모님을 끈질기게 조르기 시작했죠.

"축구 선수가 되고 싶단 말이에요. 축구를 시켜 주지 않으면 밥도 먹지 않을 거예요!"

이렇게 막무가내로 고집을 부리자 아버지가 말씀하셨습니다.

"지성아, 네가 그토록 축구를 하고 싶어 하니까 더 이상 말리지는 않겠다. 하지만 한 가지 약속을 해야 한다."

지성이가 눈을 반짝이며 물었습니다.

"그게 뭔데요?"

지성은 아버지가 자기가 하기 힘든 조건을 내놓는 것이 아닌가 하고 조마조마했습니다. 잠시 후 아버지는 드디어 엄격하고 단호한 표정으로 어린 아들에게 말했습니다.

"한 번 시작하겠다고 마음먹은 이상 끝까지 해야 한다. 만약 중간에 네 입으로 그만두겠다는 말을 한다면 사나이가 아니지. 약속할 수 있겠어?"

지성은 어린 나이였지만 아버지 말씀이 무슨 뜻인지 알 것 같았습니다. 그것은 스스로 시작한 일은 끝까지 책임을 져야 한다는 뜻이었습니다. 지성은 그런 것이라면 얼마든지 지킬 수 있다고 생각했습니다. 그래서 아주 큰 목소리로 씩씩하게 대답했습니다.

"네. 반드시 약속을 지키고 훌륭한 축구 선수가 되겠습니다."

"그래. 그렇다면 축구를 해도 좋다."

마침내 아버지가 허락한 것입니다.

"야호! 신난다."

지성은 신이 나서 환호성을 지르며 바깥으로 뛰어나갔습니다.

지성은 그 후 부모님은 물론 그 누구에게도 축구를 그만두고 싶다는 말을 한 적이 없습니다. 아무리 힘들고 지쳐도 그 말만은 하지 않았습니다. 그건 아버지와의 약속이기도 했지만, 바로 자신과의 약속이었기 때문이죠.

　　나중에 어른이 되어서 알게 된 사실이지만 부모님은 지성이 공무원이 되기를 바라셨어요. 공무원이 되면 안정적인 생활을 하고 평생 큰 걱정 없이 살아갈 수 있으리라는 소박한 생각에서였죠.

　　하지만 부모님은 지성이 꿈과 소망을 이룰 수 있도록 도와주었습니다. 무엇보다 아들이 행복하기를 바랐기 때문입니다.

축구 따라 삼만리

"야, 이쪽으로 패스 해!"

"그래. 어서 슛을 해!"

"슛! 골인!"

그날부터 지성은 어디에 가거나 늘 축구공과 함께였습니다. 덩치 큰 아이들을 제치고 요리조리 공을 잘 몰고 다녔고 골도 제법 잘 넣었습니다.

지성은 초등학교 4학년 때 정식으로 축구부에 들어갔습니다. 운동장 밖에서 형들이 뛰는 모습만 흉내 내다가 이제 유니폼을 입은 어엿한 축구 선수가 된 거예요. 지성은 점점 축구에 흠뻑 빠져들었습니다. 축구에 관한 한 척척박사가 되었고 공을 잘 차서 모두들 실력을 인정해 주었습니다.

그런데 큰 문제가 생겼어요. 기대에 잔뜩 부풀어 시작한 축구부 생활을 못하게 된 것입니다. 느닷없이 학교 축구부가 해체됐기 때문이에요. 유니폼을 입고 운동장을 마음껏 누비지도 못했는데, 축구부가 없어진다고 생각하니 억울한 기분마저 들었습니다.

지성은 축구부가 해체된다고 축구를 포기할 수 없었습니다. 그래서 운동장에 혼자 남아서 예전처럼 해가 질 무렵까지 공을 차는 연습을 계속했습니다. 일주일이 지나고 한 달이 지나도 지성은 그렇게 혼자서 연습을 했습니다. 축구는 다른 선수들과 호흡을 맞추는 팀플레이 운동이기 때문에 가끔은 혼자서 연습하는 것이 외롭고 지루했지만, 하루도 쉬지 않았습니다. 혼자서라도 하지 않으면 축구와 영영 이별을 하게 될까 봐 걱정이 되었거든요.

초등학교 4학년 겨울방학을 며칠 앞둔 몹시 추운 날이었습니다. 그날도 칼바람을 뚫고 텅 빈 운동장에서 혼자 공을 차며 연습을 하고 있었습니다.

"축구가 그렇게 좋으냐?"

뒤에서 누군가 물었습니다. 돌아보니 이상영 감독님이었습니다. 감독님은 열심히 연습하고 공도 제법 잘 차는 지성을 무척 귀여워했습니다. 감독님은 어느덧 지성에게 다가와서 머리를 쓰다듬으며 다시 한 번 물었습니다.

"너, 정말 축구 선수가 되고 싶으냐?"

"네. 선생님!"

그러자 감독님은 지성이 전혀 상상도 하지 못한 이야기를 꺼냈습니다.

"나는 이번에 세류 초등학교 축구부로 간다. 축구를 계속하고 싶으면 부모님께 말씀드려서 전학을 오도록 해라. 그럴 수 있겠니?"

순간, 지성의 머릿속에서 커다란 종이 울리는 것 같았습니다. 다행히 세류 초등학교는 지성이 사는 수원에 있는 학교였습니다.

"네. 선생님, 저는 축구를 계속하고 싶어요."

지성은 재빨리 집으로 달려갔습니다. 아버지가 퇴근하실 때까지 기다리는 시간은 너무도 길고 길었습니다. 그 기다림은 사흘도 더 되는 것처럼 초조했고 어린 지성에게 엄청난 고통의 시간이었습니다.

드디어 대문 열리는 소리가 들렸습니다. 대문까지 달려 나간

지성은 숨을 헐떡이며 말까지 더듬었습니다.

"저, 어~ 아, 아빠……."

"왜 그러냐? 무슨 일이야? 차분하게 말을 해야지."

아버지가 차분한 목소리로 물었습니다. 그제야 지성이 흥분을
가라앉히고 입을 열었습니다.

"아빠! 우리 학교 축구부가 없어진대요. 이상영 감독님께서
세류 초등학교로 가신다며 그쪽으로 오라고 하셨어요. 저도 그
학교에 가서 축구를 계속하고 싶어요! 네?"

지성은 아버지의 표정을 유심히 살폈습니다. 아버지가 반대
를 하시면 어쩌나 싶었던 것이죠. 하지만 아버지의 표정은 무척
밝았습니다.

"그래. 고마우신 감독님이구나. 축구를 계속하려면 감독님을
따라가야지. 우리 지성이가 하고 싶다는데 어디는 못 가겠냐? 하
하하."

아버지는 지성이가 정말 원하는 것이 무엇인지 알고 있었기에
순순히 허락을 한 것입니다. 지성은 뛸 듯이 기뻤습니다.

지성은 5학년이 되면서 세류 초등학교로 전학을 갔고 축구부
에 입단했습니다. 그때부터 본격적인 축구 수업이 시작된 것이죠.

　　지성은 세류 초등학교를 졸업할 때까지 축구밖에 모르는 소년
이었습니다. 그렇다고 공부에서 손을 뗀 것은 절대 아닙니다. 학
교 수업도 충실하게 받았고 성적도 꽤 좋은 편이었습니다. 하지
만 그의 몸과 마음은 온통 축구에 대한 생각과 기대로 가득 차 있
었습니다.

　　지성은 수업이 끝나면 곧바로 운동장으로 달려가서 어둠이 내
리고 밤이 깊어질 때까지 공을 차며 연습을 했습니다.

　　"야, 너는 자리를 지키고 있어야지!"

　　"공을 너무 오래 가지고 있지 말고 패스해, 패스!"

초등학교 6학년 때 지성은 축구부 주장이 되었습니다. 공을 다루는 솜씨가 탁월하고 리더십이 뛰어나서 주장을 맡게 된 것이죠. 축구에 대한 지성의 숨겨진 재능과 열정을 알아본 이상영 감독님의 후원도 늘 큰 힘이 되었습니다.

세류 초등학교는 수원시에서 축구 특화 학교로 지정될 만큼 전통이 있는 학교였습니다. 그런데 한 번도 전국대회에서 좋은 성적을 거두지 못해서 체면이 말이 아니었지요.

"우리 학교 축구부가 생긴 이래 가장 좋은 성적을 올려 보자."

지성은 아이들을 모아 놓고 결의를 다졌습니다.

"그래. 우리 한 번 해 보자!"

아이들 모두 지성의 말에 고개를 끄덕였습니다.

드디어 '금석배 쟁탈 전국 초등학교 축구대회'가 열렸습니다. 지성은 물론이고 세류 초등학교 선수들은 모두들 두 손을 불끈 쥐고 입을 꼭 다물었습니다. 하지만 두근두근 떨리는 가슴을 잠재우지는 못했습니다.

그때 누군가가 속삭이는 말이 지성의 귀에 들렸습니다.

"야, 오늘 차범근 아저씨도 온대."

지성은 순간 숨을 제대로 쉴 수가 없었습니다. 세계적인 축구 영웅이 자신의 모습을 본다고 생각하니 도무지 발이 떨어지지 않았어요. 하지만 그건 자신의 문제고 팀을 위해서는 당장 운동장으로 나가야겠지요?

"자, 다들 나가자! 우승은 우리 거야."

지성은 운동장으로 나가 공을 잡는 순간, 자신의 영웅은 잠시 잊고 오직 축구에만 온 정신을 쏟았습니다. 단연 그의 플레이가 돋보였죠.

"저 7번을 단 조그만 녀석은 누구야?"

"키 큰 선수들 다리 사이로 드리블해서 들어가는 것 좀 봐!"

"앗! 골인이다. 골인이야! 대단한 꼬만데!"

관중석에 앉아 있던 학부모들이 수군거리다가 이내 탄성을 질렀습니다.

지성은 주로 공격형 미드필더나 섀도 스트라이커(Shadow Striker : 최전방 공격수를 지원하는 포지션)를 맡았는데, 체구가 작은 그가 큰 선수들을 이리저리 헤집고 다니면서 그라운드를 누비는 것이 어른들 눈에는 신기에 가까워 보였습니다.

지성의 활약과 다른 선수들의 단결로 세류 초등학교는 준우승을 차지했습니다.

집으로 돌아온 지성이 무척 기쁜 표정으로 말했습니다.

"엄마! 저, 상을 받게 되었어요."

지성에게 줄 간식을 만들고 있던 어머니가 환하게 웃으며 물었습니다.

"무슨 상인데?"

"차범근 축구상이요."

"차범근 축구상? 그렇게 큰 상을?"

어머니가 깜짝 놀라서 되물었습니다. 축구를 전혀 모르던 어머니도 아들이 축구 선수가 된 후부터는 선수들 못지않게 아는 것이 많아졌습니다.

지성은 아주 의젓하게 대답했습니다.

"예. 제가 그 상을 타게 됐어요."

"그래. 장하구나! 우리 아들!"

어머니는 물 묻은 손을 수건으로 닦고 가만히 지성을 안아 주었습니다. 어머니의 품에 안긴 지성은 자신도 모르게 눈에서 눈물이 나왔습니다. 기쁨의 눈물이기도 했지만, 순탄치 않았던 지나간 시간들이 떠오른 것 아니었을까요? 어머니는 아들의 눈물을 닦아 주다 말고 함께 눈물을 흘리고 말았습니다.

시상식장에는 차범근 감독님이 직접 나와서 상을 주었습니다. 지성은 상을 받는 것도 좋았지만 무엇보다도 차범근 같은 대스타를 만났다는 사실에 가슴이 더욱 떨렸습니다.

차범근 감독님이 상패를 건네주고 악수를 하면서 말씀하셨습니다.

"앞으로 더욱 열심히 해서 한국 축구를 빛내는 선수가 되어야 한다."

지성은 아주 큰소리로 힘주어 대답했습니다.

"네. 명심하겠습니다."

"허허, 녀석. 아주 명랑하구나."

차 감독님은 지성의 머리를 쓰다듬으면서 웃었습니다.

초등학교 최고의 선수에게 주는 '차범근 축구상'을 받은 지성은 그날 세상 누구보다도 행복했습니다.

알고 보니 차범근 축구상은 초등학생들에게 주어지는 상이었지만 대단한 상이었어요. 4회 때는 이동국 선수, 5회 때는 박지성 선수, 6회 때는 최태욱 선수가 받았는데, 이들 모두 훗날 국가 대표 선수가 되었답니다. '차범근 축구상'은 미래의 축구 스타들이 거쳐 가는 필수 코스였다고 해도 무리가 아니지요?

나는 왜 이렇게 작은 거지?

　　지성은 중학교에 들어가서도 축구를 계속했어요. 경기도 화성
에 있는 안용 중학교 축구부 13번 박지성! 등번호 13번은 지성과
인연이 깊어서 훗날 맨체스터 유나이티드에서 뛸 때에도 달고 다
니는 번호가 되었습니다.

　　지성은 '차범근 축구상'을 받은 경력도 있고 연습을 부지런히
한 덕분에 실력이 부쩍 늘어서 늘 주전 선수로 뛰었습니다.

　　안용 중학교 축구팀은 지성의 활약으로 경기도 내에서 열린
네 개 대회에서 우승을 싹쓸이했습니다. 당시 축구로는 그다지
유명하지 않았던 안용 중학교가 축구 강호로 등극하게 된 것입

니다.

하지만 중학교 3학년이 되어도 지성의 키는 도통 자랄 기미가 보이지 않았습니다. 어떤 아이들은 장대같이 쑥쑥~ 어른들보다 더 컸습니다. 지성은 키가 작고 덩치가 작은 것 때문에 스트레스가 쌓였어요. 부모님이 영양가 있는 좋은 음식이란 음식은 죄다 찾아 주셨지만 입이 짧은 지성은 많이 먹지 못했어요.

어느 날 키 때문에 스트레스를 받고 시무룩해서 집에 돌아간 날 아버지가 아들을 불러 놓고 말씀하셨습니다.

"지성아, 안 좋은 일 있냐?"

"아니요."

"그런데 표정이 왜 그래?"

"키가 작아 몸싸움에서 밀릴 것 같다고 감독님이 걱정을 해서요. 저도 고민이에요."

아버지는 찬찬히 아들의 얼굴을 들여다보며 말했습니다.

"그래? 하지만 너무 걱정하지 마라. 너는 반드시 키가 클 거야. 키가 일찍 크는 사람도 있고 조금 늦게 크는 사람도 있어. 우리 집안은 대체로 키가 늦게 크는 편이야. 대학교에 가서 키가 크는 사람도 있어. 근데 지성아, 키보다 더 중요한 것이 있는데 그게 뭔지 아니?"

"그게 뭔데요?"

"키가 크고 작은 것이 문제가 아니라 네 실력이 문제야. 지성아, 네가 살길은 실력밖에 없다. 항상 명심해라."

이 말에는 아들에 대한 부모님의 걱정과 격려가 고스란히 담겨 있었습니다.

당시 지성의 집은 수원 영통시장에서 정육점과 반찬가게를 하고 있었습니다. 아버지는 지성을 위해 다니던 직장을 그만두고 정육점을 차렸습니다. 직장에 다니면서 지성이를 챙기는 것도 어렵고, 고기는 맘 놓고 먹일 수 있겠다는 생각에서 그렇게 결정한 것입니다. 지성이네 집안 형편은 끼니 걱정을 할 정도로 가난하지는 않았지만, 그렇다고 아주 넉넉한 살림도 아니었습니다.

그날 이후 지성은 "네가 살길은 실력밖에 없다"는 아버지의 말씀을 단 하루도 잊은 적이 없었습니다.

첫 번째 이야기

네 번째 이야기

세 번째 이야기

일곱 번째 이야기

여섯 번째 이야기

두 번째 이야기

축구,
도대체 네가 뭐기에!

다섯 번째 이야기

일 년 동안 축구를 하지 마라

고등학교 진학을 놓고 아버지가 물었습니다.

"어느 학교에 가고 싶으냐?"

"······."

지성은 쉽게 대답하지 못했습니다. 수원 공업고등학교와 정명 고등학교 두 곳에서 지성에게 스카우트 제의를 한 상태였습니다. 수원 공고는 수원이 연고라는 장점이 있었고, 정명고는 여느 학 교와 비교도 할 수 없을 만큼 역사를 자랑하는 축구 명문 학교였 습니다.

"훌륭한 사람이 되기 위해서는 뛰어난 지도자나 스승을 만나

야 한다고 들었다. 내가 보기에는 이 감독님 같은 분이 없는 것 같다. 수원 공고로 가는 것이 어떻겠니?"

수원 공고의 감독은 이학종 감독님이었습니다. 감독님은 축구 국가대표와 울산 현대를 거쳐 일본 프로축구에 진출해서 선수 생활을 했던 분입니다. 그리고 현역에서 막 은퇴를 하고 수원 공고 감독을 맡으며 처음으로 지도자의 길을 걷게 된 것이죠. 국가대표와 일본 프로축구 팀에서까지 활약했던 사람이 고등학교 감독을 맡는다는 것은 그리 흔한 일이 아니었어요. 그래서 그 소식은 수원 지역 유소년 선수들 사이에서 큰 뉴스거리였습니다.

아버지는 이 감독님의 소식을 듣고 지성에게 수원 공고로 갈 것을 제안한 것입니다.

"네. 저도 그렇고 싶어요."

지성은 기꺼이 아버지의 결정에 따르기로 했습니다. 국가대표 생활까지 한 감독님이라면 다른 분들과는 왠지 다른 면이 있을 것 같았습니다. 자신의 성장 가능성과 뛰어난 선수로서의 잠재력을 찾아 줄 것 같았습니다.

과연 이학종 감독님은 달랐습니다. 이 감독님은 지성이 공을 차는 폼을 보더니 만족스러운 얼굴로 고개를 끄덕였습니다.

축구, 도대체 네가 뭐기에!

"공을 다루는 재주가 있고 경기를 읽는 감각이 있구나. 좋다! 같이 한 번 뛰어 보자."

이 감독님은 지성을 곧바로 스카우트 했습니다. 그런데 여기 저기에서 지성이가 듣기에 좋지 않은 소문들이 퍼지기 시작했어요.

"그렇게 작은 꼬마를 데려다 어디다 쓸 거래?"

"발재간과 감각은 있는데, 키가 너무 작지 않아?"

고등학생이 되었는데도 지성은 키가 별로 크지 않았습니다. 다른 선수들과 10센티미터나 차이가 났고 몸집도 왜소했습니다. 하지만 이 감독님은 한 치의 흔들림도 없었습니다.

"다른 소리들 말아요. 지성이는 잘 키우면 큰사람이 될 재목이니까."

그런데 이상한 일이 생겼어요. 이 감독님이 지성을 축구부에 스카우트 해놓고 일 년 가까이 축구부 훈련에서 제외시킨 거예요. 지성에게는 하늘이 무너지는 것 같은 일이었죠. 하루라도 축구를 하지 않으면 입안에 가시가 돋고 온 몸이 근질근질한 사람이었으니까요. 여러분은 이런 마음을 이해할 수 있나요? 그런데 감독님의 말을 들으니 지성에게 꼭 필요한 휴식 시간이었어요.

"지금 너에게 필요한 것은 기술이 아니야. 우선 체격을 키우고 체력을 보완하는 것이 더 중요해. 너무 무리한 훈련을 하다 보면 키가 안 자랄 수도 있으니까 가볍게 공을 다루는 정도의 훈련만 해라. 그리고 영양을 골고루 섭취하고 잠도 푹 자면서 키와 체력을 키워야 한다."

강도 높은 훈련이 지성의 성장에 차질을 가져올까 봐 가벼운 훈련만 하라는 감독님의 눈물겨운 배려였습니다. 지성은 감독님의 말씀이 이해가 되었습니다.

"고맙습니다! 감독님."

아빠표 개굴개굴 보양식

"눈 질끈 감고 쭉~ 마셔라."

그때부터 부모님은 지성의 키와 체격을 키우는 일에 최선을 다했습니다. 키 크는 데 좋다는 음식이 있으면 방방곡곡 어디든 가 보지 않은 데가 없을 정도였습니다.

학창 시절 내내 작은 키는 지성의 가장 커다란 콤플렉스였어요.

"아, 내 키는 왜 자라지 않는 걸까?"

그는 고등학생이 되어도 야속할 만큼 자라지 않는 키 때문에 스트레스가 이만저만이 아니었어요.

정육점을 운영하던 아버지는 돼지고기든 쇠고기든 몸에 좋다는 고기란 고기는 전부 지성에게 먹였습니다. 하지만 그는 많이 먹지 못했습니다. 많이 먹고 키가 쑥쑥 자라고 싶은 마음이야 굴뚝같았지만, 먹지 못하는 지성의 마음이야 오죽했겠어요. 아버지는 지성에게 고기 말고도 사슴 피, 뱀, 전복, 개구리…… 정말 안 먹여 본 게 없어요.

"이걸 먹어야 키가 큰단다. 눈 질끈 감고 쭉 마셔라."

지성은 오만상을 찌푸리며 참고 음식을 먹었습니다. 그리고 힘들 때마다 감독님의 말씀을 가슴에 되새기며 독한 마음을 먹었습니다.

"키가 안 크면 축구 선수로 대성하지 못한다."

물론 키가 작다고 축구를 못하는 것은 아닙니다. 하지만 운동선수들은 기본적인 체력이 필요해요. 매일 몸을 움직이고 에너지를 많이 써야 하는 직업이라 보통 사람들보다 몸을 더 챙겨야 하는 건 당연하죠.

지성은 열심히 체력을 키우다가도 막다른 골목에 몰린 짐승처럼 절박한 기분이 들곤 했습니다. 하지만 스스로 일어서지 못하면 이룰 수 있는 건 아무것도 없다는 것을 그는 알고 있었습니다.

우선 생활 습관부터 확 바꾸었습니다. 일찍 자고 일찍 일어나는

습관을 들이고, 부모님께서 주시는 보양식을 억지로라도 많이 챙겨 먹었죠. 하루라도 빨리 축구공을 만날 수 있는 길은 그 방법밖에 없었답니다.

지성이 어릴 때부터 가장 많이 먹은 보양식은 다름 아닌 개구리였습니다. 으악! 개구리~! 하지만 키가 크고 체력 증진을 하는 데는 겨울잠을 자기 위해 영양분을 가득 보충한 개구리가 좋다는 얘기가 있어요. 지성의 아버지가 그런 귀중한 정보를 놓칠 리가 없었죠.

아버지는 개구리를 구하기 위해서 눈물겨운 노력을 했습니다. 늦가을만 되면 충남 서산, 전남 고흥 등지를 돌아다니며 개구리를 구해서 약을 만들었습니다. 겨울잠에 들어가는 개구리는 구하기가 힘들어서 예닐곱 마리를 먼저 구하고, 다음 달에 또 몇 마리를 구하는 식이었습니다. 어떨 때는 시골에 사는 친척이 개구리를 소포로 부쳐 주기도 했어요. 개구리에 목숨을 거는 아버지를 이상하게 보는 사람들도 있었어요. 물론 개구리는 만병통치약이 아니죠. 키를 크게 해 주는 최고의 음식도 아니고요. 하지만 아버지는 지성에서 뭔가를 해 주고 싶었습니다. 그것이 아주 먼 나라에 있어서 구하기 힘든 것이라고 해도 아버지는 길을 나섰을 것입니다. 아들을 건강하게 만들어 줄 거라는 믿음을 가지고요.

하늘도 부모님의 눈물겨운 노력에 감동을 받았나 봅니다. 고등학교 2학년에 들어서자 지성의 키가 훌쩍 커서 170센티미터를 넘은 거예요.

"하늘도 이제 우리를 돕는구나."

아버지는 훌쩍 자란 아들의 키를 바라보며 감격의 눈물을 흘렸습니다. 지성은 부모님과 감독님의 말을 듣기를 잘했다고 생각했습니다. 만약 다른 선수들처럼 강도 높은 체력 훈련을 했다면 이

축구, 도대체 네가 뭐기에!

겨내지 못했을 것이고, 키가 자라기는커녕 있던 체력도 바닥이 나 버렸을 것입니다.

지성은 훗날 국가대표 선수가 되고 세계적인 스타플레이어가 된 후에도 감독님께 감사하는 마음을 잊지 않았습니다. 지도자 한 사람을 보고 학교를 택한 것이 축구 인생에 큰 전환점이 된 것입니다. 그리고 세상에서 가장 사랑하는 부모님은 오늘날의 '박지성'을 있게 한 장본인입니다.

발등 구석구석 3천 번!

축구부 친구들은 지성이 공 차는 것을 보고 핀잔을 주었습니다.

"너는 왜 하나 마나 한 연습만 하냐?"

친구들이 보기에 지성의 연습은 드리블도 아니고 슈팅도 아닌 그저 아이들 장난 같았습니다. 하지만 지성은 그들이 멋진 드리블과 슈팅 연습을 할 때 정확한 짧은 거리의 패스를 연습했고, 남들이 싫어하는 단거리 달리기를 반복해서 훈련했어요. 무엇보다 볼 컨트롤, 헤딩, 짧은 거리의 패스, 단거리 달리기 같은 기본기에 충실했습니다.

그는 어린 시절 코치 선생님께 들은 이야기를 그대로 실천하고 있었어요.

"공이 발등 구석구석에 적어도 3천 번씩 닿아야 감각이 생기고, 다시 3천 번이 닿아야 어느 정도 컨트롤을 할 수 있게 된다. 그것이 축구의 기본이야."

지성은 그 말을 그대로 믿었고 부지런히 실천했습니다. 운동장이 아니어도 상관없었어요. 그저 공만 있으면 집 주변 어디에서나 가능했지요. 심지어 자신의 방이 훈련장이 되기도 했습니다.

지성이 하는 연습은 이런 것이었어요. 공을 떨어뜨리지 않고 무릎과 발등으로 트래핑하며 집 주변 돌기, 방 안에서 헤딩으로 공 컨트롤하기 등 가장 기초적인 훈련을 지속적으로 한 것이죠. 그러니 친구들이 보기에 매일 같은 훈련만 되풀이하는 지성이 답답했을 거예요. 아니, 바보처럼 보였을지도 모르죠.

하지만 지성이는 생각 없이 그런 훈련을 하는 것이 아니었어요. 학창 시절 내내 자신을 괴롭혔던 왜소한 체격과 약한 몸을 위해 선택한 방법이었습니다. 체격이 문제가 된다면 기술로 승부하자는 생각이 자동적으로 머릿속에 새겨진 것이죠.

그는 자신도 모르게 기술로 승부하려면 한순간도 공과 떨어지지 말아야 한다고 생각했습니다.

'오늘 하루쯤 쉬면 안 될까?'

지성이라고 힘들고 하루쯤 꾀가 나는 날이 왜 없었겠어요. 몸이 피곤한 날이면 공연히 심드렁해지고 땡땡이를 치고 싶어지곤 했어요. 끝없이 반복되는 훈련 대신 좀 더 멋진 기술을 배우고 싶다는 생각도 했고요.

하지만 축구는 지성의 생각대로 오랜 시간 동안 반복 훈련을 통해 완성되는 스포츠입니다. 그는 하루를 쉬면 며칠 동안 연마했던 기술이 무뎌진다는 것을 누구보다 잘 알고 있었습니다. 또 자신에게는 아직 어느 것 하나 완전하게 터득된 기술이 없다는 것도요. 그래서 한시라도 연습을 게을리할 수가 없었습니다. 그렇게 축구는 점점 지성의 일부가 되어 갔습니다.

축구, 도대체 네가 뭐기에!

딱 2년만 두고 보자

지성이는 고등학교 졸업을 앞두고 한없이 우울했어요. 어찌된 일인지 그를 불러 주는 대학팀이나 프로팀이 거의 없었거든요.

K-리그(한국 프로축구 리그) 수원 삼성 2군에 입단하기 위해 시험도 보고, 축구팀이 있는 대학이라면 어디든지 연락을 해 보았지만 소용이 없었습니다. 이학종 감독님이 아무리 '좋은 선수'라고 추천을 해도 지성을 만나 본 축구팀 감독들은 고개를 저었습니다.

"축구는 몸싸움인데 체격이 너무 작습니다. 어려울 것 같네요."

역시 왜소한 체격이 문제였습니다. 키는 170센티미터를 넘었지만 몸이 비쩍 말라서 중학생 정도로밖에 보이지 않았거든요.

'난 고작 이것밖에 안 되는 사람이구나. 이것밖에 안 되는 사람이었어!'

지성은 그러지 않으려고 해도 자꾸만 눈물이 나고 자신이 한심하게 느껴졌습니다. 사실 지성의 꿈은 고려 대학교에 진학하는 것이었습니다. 고려 대학교는 차범근, 홍명보 등 유명 축구 선수를 많이 배출한 축구 명문이기 때문이에요. 그러나 지성의 꿈은 이루어지지 않았어요.

그렇게 슬픔과 절망에 빠져 있는데 딱 한 군데에서 연락이 왔습니다. 명지 대학교 축구부였습니다. 그런데 그것도 입학할 예정이었던 선수가 다른 팀으로 가서 겨우 자리가 난 거예요. 지성이는 쓴 눈물을 삼켜야 했습니다.

감독님은 그 기회를 지성에게 꼭 주고 싶었습니다. 그래서 명지대학교 김희태 감독님을 찾아가서 이렇게 말했습니다.

"지성이를 가르쳐 본 사람만이 지성이의 진가를 알 수 있습니다. 지성이 데려간 것을 절대 후회하지 않을 것입니다. 두고 보면 알겠지만 지성이는 크게 될 선수입니다."

축구, 도대체 네가 뭐기에!

김희태 감독님은 마침내 지성이를 명지 대학교 축구부에 받아
들이기로 했습니다. 하지만 지성은 기쁨 반, 슬픈 반이었어요.

　'내가 과연 이 정도밖에 안 되는 보잘것없는 선수인가? 오
냐, 2년만 기다려라. 내가 쓸모 있는 선수인지 아닌지 확실히 보
여주겠다!'

　지성은 독하게 마음을 먹고 눈이 오나 비가 오나 축구 연습에
매진했습니다.

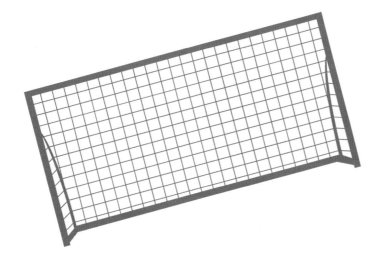

세 번째 이야기

가슴에서 빛나는 태극마크

다섯 번째 이야기

행운의 네 잎 클로버

박지성 선수는 명지 대학교 축구부에서 성실함을 인정받았습니다. 두근두근! 벌벌벌~ 1999년 1월, 그는 고교 졸업 전에 입학 대상자 신분으로 본격적인 훈련에 들어갔습니다.

열아홉 살 그는 대학생 형들과 부딪쳤을 때 뭔가 다르다는 느낌을 받았습니다. 하지만 평소 누구보다 기본기에 충실했고 단거리 왕복 달리기로 쌓은 지구력을 지니고 있었기에 고강도 훈련을 군말 없이 소화할 수 있는 것만도 대단한 일이었죠.

김희태 감독님은 다른 선수들보다 두세 배 더 열심히 뛰는 그를 기특하게 생각했는지 연습 경기 때마다 주전으로 기용했

세 번째 이야기

습니다. 감독님이 항상 강조하는 것이 지구력과 승부 근성이었 거든요.

명지 대학교 축구부는 울산에서 3개월간 합숙훈련을 하며 체력 단련을 했습니다. 그동안 힘들게 축구를 했던 박지성 선수에게 행운의 네 잎 클로버가 서서히 다가오고 있었지만, 그때까지 그는 미처 알지 못했어요.

때마침 울산에서는 시드니 올림픽 대표팀이 합숙훈련을 하고 있었습니다. 그런데 같은 지역에서 훈련 중인 명지 대학교 축구부와 올림픽 대표팀이 연습 경기를 치르게 된 거예요. 우연히 따낸 연습 경기가 자신에게 엄청난 기회가 될 줄 박지성 선수는 꿈에도 몰랐습니다.

박지성 선수는 올림픽 대표팀과 경기를 한다는 말에 비록 연습 경기였지만 가슴이 콩닥콩닥 뛰었습니다.

'텔레비전에서나 보던 내로라하는 선수들과 시합을 하다니!'

시간이 갈수록 떨림은 흥분으로, 흥분은 기대감으로 바뀌었습니다.

무엇보다도 가슴이 설레는 것은 대표팀을 맡고 있는 허정무 감독님을 가까이에서 볼 수 있다는 것이었어요. 허 감독님은 차

가슴에서 빛나는 태극마크

범근 감독님과 함께 우리나라 축구계에서 전설적인 스타였거든요.

"자, 연습 경기이지만 최선을 다해야 한다. 대표팀과 뛰고 나면 너희들의 기량이 한결 나아질 거야."

감독님은 선수들을 격려했습니다. 박지성 선수는 대표팀 선수들과 경기하는 것이 무척 감격스러웠습니다. 왼쪽 윙백으로 나선 그는 자신의 주특기인 부지런한 플레이를 선보였죠. 박지성 선수는 생각했습니다.

'역시 대표팀 선수들은 기량이나 경험에서 확실히 위야. 나는 발꿈치도 따라가지 못해.'

하지만 그 경기에서 보여 준 박지성 선수의 플레이는 허정무 감독님의 마음을 단숨에 사로잡았습니다. 그가 대표팀과의 연습 경기에서 무려 다섯 명을 제치는 놀라운 드리블 실력을 발휘한 것입니다.

허 감독님의 날카로운 눈은 몸집은 작지만 볼 감각이 비상한 박지성 선수의 실력을 정확한 눈으로 캐치했습니다. 지치지 않고 운동장을 휘젓고 다니는 플레이가 눈에 확 들어온 것이죠. 게다가 그가 입학 대상자란 사실에 더욱 놀랐습니다.

이름도 알려지지 않은 박지성 선수에게서 강렬한 인상을 받은

허 감독님은 혼자서 중얼거렸습니다.

　"저 녀석을 한 번 키워 보자. 드리블 기술이 있고 무엇보다 영리한 플레이를 할 줄 알아."

믿을 수 없는 전화 한 통

울산 전지훈련에서 돌아온 1999년 봄, 신입생 환영회를 마치고 합숙 생활에 들어가 본격적인 연습을 시작할 무렵이었습니다. 선배들에게 합숙 생활에 대한 규범과 지켜야 할 사항에 대해 설명을 듣고 숙소로 돌아왔는데, 한 선배가 말했습니다.

"지성아, 감독님께서 찾으셔. 어서 전화해 봐."

그는 감독님이 왜 자신을 찾는지 영문을 몰라서 고개를 갸웃거렸습니다.

'내가 뭘 잘못했나? 왜 나를 찾으시는 거지?'

그는 숙소 1층에 있는 공중전화기로 급히 달려갔습니다. 당시는 학생이 휴대폰을 가지고 다니는 것은 상상도 못했던 시절이었거든요. 괜히 긴장이 돼서 전화번호를 누르는 손가락이 미세하게 떨렸습니다. 하지만 다행입니다. 전화를 받은 감독님의 목소리가 무척 밝았거든요. 그런데 감독님은 지성이 이해할 수 없는 말을 했습니다.

"지성아! 네가 대표팀에 뽑혔다."

아닌 밤중에 홍두깨라고 두 귀를 의심하지 않을 수 없었어요.

"네? 대표팀요?"

"그래, 대표팀! 곧바로 짐 싸서 합류해라."

그는 너무 놀라서 대답을 제대로 하지 못했습니다. 그러자 감독님이 물었습니다.

"지성아, 네가 갈 곳이 어딘지는 알고 있나?"

그는 자신이 갈 곳이 어딘지 도무지 알 수가 없었어요. 이제 자신의 나이가 만으로 열여덟 살이니까 청소년 대표팀에 뽑힌 것이 아닐까, 하고 막연하게 생각했을 뿐이었죠.

"어디로, 가야 하, 하는 거예요?"

박지성 선수가 말을 더듬으며 제대로 말을 하지 못하자, 감독님께서 껄껄 웃으며 대답했습니다.

가슴에서 빛나는 태극마크

"올림픽 대표팀이다. 시드니 올림픽에 가게 될지도 모른다고!"

대체 어떻게 된 일일까요? 자신은 이제 겨우 대학교 1학년이고, 받아주는 팀이 없어 고민하던 게 엊그제 일인데요. 그날 그는 어떻게 전화를 끊었는지 기억이 나지 않았습니다. 그저 멍하고 몽롱한 느낌뿐이었어요. 도무지 올림픽 대표팀에 뽑혔다는 말을 믿을 수가 없었으니까요.

'프로팀은 고사하고 어느 대학에서도 받아주지 않던 내가 올림픽 대표팀에 합류하다니!'

믿을 수가 없어서 허벅지를 꼬집어 보고 싶은 심정이었어요. 청소년 대표팀에도 뽑힌 적이 없는데…… 정말 신기하고 꿈만 같았습니다.

사나이답게 끝까지 해 보자!

박지성 선수가 올림픽 대표팀에 선발되자 선배들은 자기 일처럼 기뻐하며 진심으로 격려해 주었습니다.

"테스트 잘 받아서 꼭 살아남아라."

어떤 선배는 등을 두드려 주고 어떤 선배는 힘주어 손을 잡아 주기도 했습니다. 태극마크를 달고 경기장을 뛰는 것은 축구 선수라면 누구나 꿈꾸는 일이니 선배들도 부러운 마음이 들었을 거예요. 하지만 그들은 늘 열심히 운동하는 후배에게 그런 기회가 왔다는 사실이 진심으로 기뻤습니다.

하지만 정작 박지성 선수는 기쁨보다 걱정이 태산 같았어요.

"왜 걱정이 되냐?"

한 선배가 물었습니다.

"예. 모두 쟁쟁한데 살아남을 수 있을까 걱정이에요."

"그래도 최선을 다해 봐야지. 두 번 다시 오지 않을지도 모르는 기회야. 난 네가 부럽다."

"네. 최선을 다할게요."

대답은 그렇게 했지만 마음은 여전히 무거웠어요.

'시드니 올림픽은 고사하고, 연습 경기도 한 번 제대로 못하고 쫓겨나는 것은 아닐까?'

그는 그날 밤 이런저런 걱정을 하느라 밤잠을 설칠 지경이었어요. 그런데 신기한 것은 막상 올림픽 대표팀에 합류하고 나서부터는 걱정도 사라지고 마음이 아주 가벼워지는 거예요.

'이왕 여기까지 온 거 사나이답게 끝까지 해 보자.'

자신도 모르게 배짱이 생기고, 가슴 한가운데에서 용기가 솟아올랐습니다. 그는 합숙 훈련 기간 내내 최선을 다해 운동장을 누비며 공을 찼습니다. 대표팀 선수들과 어울려서 공을 차고 있는 자신이 신기했고, 차츰 팀워크가 생기는 것 같아 기쁘기도 했습니다.

허 감독님은 박지성 선수의 타고난 지구력에 감탄했습니다. 특히 활동 범위가 넓어서 에너지 소비가 많은 수비형 미드필더라는 새로운 포지션을 맡기며 테스트를 했습니다. 그는 자신이 잘하고 있는지 이따금 감독님을 쳐다보았지만, 무표정한 얼굴 때문에 그 마음을 눈치채지 못했습니다.

합숙 훈련을 마치고 소속팀이던 명지대로 돌아가자 김희태 감독님이 아주 기쁜 표정으로 반겼습니다.

"너 가서 잘한 모양이더라. 허 감독이 아주 만족스러워하던 걸!"

박지성 선수는 그렇게 해서 정식으로 올림픽 대표팀에 선발되어 태극마크를 달고 시드니 올림픽에 나가게 되었습니다.

당시 명지 대학교 김희태 감독님은 박지성 선수가 시드니 올림픽 대표에 뽑힌 것은 아주 당연한 결과라고 말했습니다.

"지성이는 날이 갈수록 발전하는 게 눈에 확확 들어왔어요. 지구력이 좋고 상황을 판단하는 능력이 매우 뛰어난 선수죠. 허 감독님의 예리한 눈이 그것을 놓치지 않은 것이고요."

올림픽 대표팀에 합류한 그는 처음엔 '연습생' 이었지만, 특유의 순발력과 끈기로 주전 선수가 되어 차츰 이름이 알려졌습니다.

가슴에서 빛나는 태극마크

'흙 속의 진주' 박지성 선수를 올림픽 축구대표 선수로 발탁한 이유를 허정무 감독님은 훗날 이렇게 말했습니다.

"지성이는 지능이 굉장히 뛰어났죠. 나는 지금도 히딩크 감독 시절, 감독의 전략과 전술을 가장 잘 이해한 선수가 지성이라고 생각합니다. 정말이지 머리가 상당히 좋아요. 게다가 항상 긍정적으로 생각하고 노력을 아끼지 않는 성실함도 갖췄죠. 한마디로 매우 좋은 선수입니다."

어쨌거나 무명 선수였던 그는 가슴에 태극마크를 달았습니다. 누구도 예상하지 못했던 일이었죠.

인생의 행운은 그때부터 시작되었습니다. 그는 그날부터 "노력하고 때를 기다리는 사람에게 행운이 찾아온다"는 말을 믿게 되었습니다.

날마다 배워도 아직 어려워요

올림픽 축구대표 선수가 되어 합숙 훈련에 들어간 그는 선배 선수들에게 많은 것을 배웠습니다. 홍명보, 황선홍, 최용수, 노정윤, 유상철…… 어린 시절부터 텔레비전에서 보았던 스타플레이어들이었죠. 한국을 대표하는 선수들과 자신이 함께 훈련하고 있다는 것이 그저 신기하고 꿈을 꾸고 있는 것만 같았습니다.

그런데 또 하나의 행운이 따랐습니다.

"박지성 선수는 홍명보 선수와 같은 방을 쓰도록 하세요."

담당 코치가 그렇게 말하자 지성은 깜짝 놀라지 않을 수 없었습니다.

'내 룸메이트가 홍명보 선수라니!'

그는 잘 믿어지지가 않아서 자신의 허벅지를 꼬집어 보았습니다. 그도 그럴 것이 홍명보 선수는 국가대표팀 선수 중에 가장 선임이고, 또 주장이었거든요.

대표팀 선배들에게는 정말로 배울 것이 많았습니다. 그들은 말 한마디, 행동거지 하나가 다른 선수들과 정말 달랐습니다. 그들이 펼치는 경기는 항상 한 치 앞을 내다보는 멋진 플레이였어요. 오랜 경험에서 우러나오는 완숙미도 있었고요. 일본 프로팀에서 뛰던 선배들도 많아서 일본식 축구에 대해서도 마음껏 배웠어요. 선배 선수들은 팀의 막내인 박지성 선수를 귀여워하며 자신들이 터득한 경험들을 자세히 가르쳐 주었습니다.

그는 올림픽 대표팀에 선발된 후부터 대표팀과 명지 대학교의 훈련을 병행하느라 눈코 틀 새 없이 바빴지만, 그만큼 보람도 컸습니다.

허정무 감독님은 민첩하게 공을 다루는 기술을 집중적으로 가르쳐 주셨습니다. 한국 축구는 문전처리가 미숙한 것이 늘 문제였는데, 그것은 민첩한 패스가 잘 이루어지지 않기 때문이었죠.

박지성 선수는 그전에는 해 보지 못했던 여러 가지 훈련을 통해서 체력과 민첩성을 한층 업그레이드 시킬 수 있었습니다. 훗날 그가 유럽 무대에서 덩치 큰 유럽 선수들과의 몸싸움에서 쉽게 밀리지 않고, 신체 밸런스를 유지하며 빠르게 방향 전환을 할 수 있게 된 것은 그때의 훈련이 밑바탕에 있었기 때문이라고 합니다.

어린 나이에 올림픽 대표팀처럼 수준 높은 팀에 속해 여러 포지션에서 뛰어 보지 못했다면 지금쯤 한 포지션에만 기용되는 선수가 되어 있을 거예요. 올림픽 대표팀에서 받은 민첩성 훈련 프로그램은 바로 미래를 향한 대포알 슛이었습니다.

축구 선수의 자존심을 걸고서

2000년 시드니 올림픽을 앞두고 태릉선수촌에서 합숙 훈련을 하던 그가 놀라운 기록을 하나 세웠습니다. 모든 종목의 대표 선수들이 참가하는 불암산 크로스컨트리에서 3위를 차지한 거예요.

태릉선수촌에서는 올림픽에 출전하기 전에 선수단 전원이 참여하는 크로스컨트리 대회를 열곤 했습니다. 태릉선수촌에서 합숙하는 선수들은 모두 한국을 대표하는 선수들이지요. 그들은 체력과 스피드 면에서 누구에게도 뒤지지 않는 1인자들이잖아요. 그래서 크로스컨트리 대회는 각 종목의 자존심이 걸린 대회라 은근히 경쟁이 치열했어요.

보통은 육상이나 마라톤 선수들이 1등을 할 거라고 생각을 해요. 그런데 그동안 이 경기에서 1~10위까지는 날렵하고 강철 체력을 자랑하는 레슬링 선수들이 싹쓸이를 했다고 합니다. 크로스컨트리는 평탄한 길만 뛰는 것이 아니라서 스피드뿐만 아니라 강인한 체력이 필요한 경기였어요. 박지성 선수는 지구력이라면 자신이 있어 해 볼만하다고 생각했어요.

"1등을 해서 축구 선수의 명예를 지켜야지!"

그는 출발부터 정신없이 뛰기 시작했습니다. 숨이 턱까지 차올랐지만 누구보다 먼저 정상에 올라야 한다는 생각에 힘든 줄도 몰랐어요. 정상이 가까워 올수록 앞에서 뛰던 선수들이 하나둘씩 뒤로 사라졌습니다.

드디어 결승점인 정상에 도착했습니다. 그곳에는 레슬링 선수 한 사람과 복싱 선수 한 사람이 먼저 도착해서 웃고 있었습니다. 박지성 선수가 3등으로 도착한 것입니다.

한참 지나서 땀을 식히고 있는데 선배들이 잇따라 나타났습니다. 선배들은 후배인 박지성이 3등을 했다는 사실을 듣고 축하해 주었습니다.

"와, 지성이 그동안 훈련 열심히 했구나! 잘했다."

가슴에서 빛나는 태극마크

허 감독님도 무척 기뻐하며 머리를 쓰다듬어 주었습니다. 그 날 박지성 선수의 3위 기록은 태릉선수촌의 최대 뉴스거리가 되었습니다.

스스로도 꾸준히 해 온 체력 훈련을 통해 값진 결과물을 얻은 것 같아 뿌듯했습니다. 그리고 다시 한 번 두 주먹을 불끈 쥐었습니다.

'내 체력도 이제 조금씩 좋아지고 있어. 시드니에서도 열심히 해보자.'

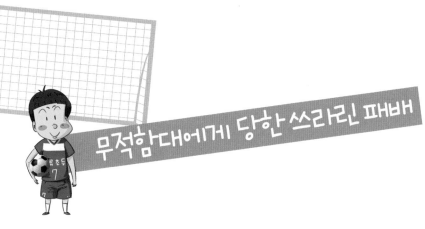

무적함대에게 당한 쓰라린 패배

　　올림픽 대표팀은 무사히 시드니 올림픽 본선에 올랐습니다. 국가대표 선수가 되어 해외 첫 나들이를 하게 된 박지성 선수는 가슴이 설레고 무척 흥분이 되었습니다. 그러나…… 시드니 올림픽의 성적은 그다지 좋지 못했어요.

　　홍명보, 이영표, 송종국, 이동국, 심재원, 설기현 등 최고의 실력을 가진 선수들이 뛰었지만, 유럽 축구의 벽은 높고 험했습니다. 무엇보다 최고 선임이자 팀의 주장으로서 뛰어난 카리스마로 팀을 이끌던 홍명보 선수가 허벅지 부상으로 뛸 수 없게 된 것이 치명적이었습니다.

우리 선수들은 첫 경기부터 버거운 상대를 만나 힘든 경기를 치렀습니다. 상대는 '무적함대'라고 불리는 스페인이었어요. 같은 조에는 모로코, 칠레 등 약한 팀도 있었는데 하필 가장 강하다고 소문이 난 스페인과 첫 경기에서 만난 것입니다. 스페인 팀에는 유럽 프로팀에서 뛰는 유명한 선수들이 많았습니다.

과연 스페인은 강팀이었습니다. 그들이 경기 초반부터 강하게 밀어붙이는 바람에 우리 선수들은 공도 한 번 제대로 차 보지 못하고 0 대 3으로 지고 말았습니다. 완전한 패배였습니다.

첫 경기를 그렇게 허망하게 지고 나자 그는 '우물 안 개구리'가 무슨 뜻인지 깊이 깨달았습니다. 세계 축구의 벽이 그렇게 높았던 것입니다.

'2년 동안 고생하며 준비한 것이 이것밖에 안 된단 말인가!'

우리 선수들은 누가 먼저랄 것도 없이 서로 그런 생각을 하며 새로운 각오를 다지며 묵묵히 훈련에 몰두했습니다.

새로운 각오를 다지며 치른 모로코 전은 1 대 0으로 승리, 마지막 경기인 칠레 전에서 다시 1 대 0으로 이기며 2연승을 거두었습니다. 그러나 첫 경기에서 3점이나 내준 것이 너무 컸던 모양입니다. 예선에서 2승 1패의 좋은 성적을 거뒀지만 결과는 예선 탈락이었습니다.

그렇게 해서 올림픽 대표팀은 본선 경기를 뛰지 못하고 귀국해야 했습니다.

박지성 선수는 처음 나가 본 세계 대회에서 쓰라린 실패를 맛보았지만 좋은 교훈을 얻었다고 생각했습니다. 무엇보다 유럽 선수들의 대단한 실력을 눈으로 직접 보고 느낀 점이 많았습니다. 스페인 선수들의 나이는 우리 선수들과 비슷했지만, 경기 운영 면에서 훨씬 여유가 있고 배울 점도 많았습니다.

하지만 그들이 절대 이기지 못할 상대는 아니라고 생각했어요. 앞으로 세계 무대에서 그들과 자주 만나 경험을 쌓는다면 반드시 이길 수 있을 것이라는 자신감이 생겼습니다.

J-리그야, 기다려라!

시드니에서 돌아오자 박지성 선수의 진가를 먼저 알아본 곳은 J-리그(일본 프로축구 리그)였습니다.

교토 퍼플상가의 감독님이 박지성 선수에게 눈독을 들이고 있다가 스카우트를 제의했습니다. 연봉 5,000만 엔(당시 약 5억 원)이라는 파격적인 대우와 주전 선수로 뛸 것을 보장한다는 조건이었습니다.

그는 먼저 김희태 감독님과 의논을 했습니다.

"감독님, 일본 교토 퍼플상가에서 오라고 하는데, 어떻게 하는 것이 좋을까요?"

"너에게 좋은 기회야. 고등학교 때 너를 가르친 이학종 감독도 일본 리그에서 뛴 경험이 있어. 일본 축구도 배울 점이 많지. 망설이지 말고 가거라."

김 감독님은 일본행을 적극 추천했습니다. 학교 측에서도 일본 진출을 반대하지 않았고요.

교토 퍼플상가 측에서 박지성 선수의 모교인 명지 대학교에 축구부 발전 기금 1억 원을 내놓기로 하고, 그는 일 년간 연봉 5,000만 엔을 받는 조건으로 계약서에 사인했습니다.

명지 대학교 서울 캠퍼스에서 박지성 선수의 교토 입단을 알리는 기자 회견이 열렸습니다. 기자들이 교토 퍼플상가 구단의 기무라 부장에게 물었습니다.

"한국에 유명한 스타들이 많은데 왜 박지성 선수를 택했습니까?"

그러자 기무라 부장이 자신 있게 대답했습니다.

"박지성 군은 가능성이 충분한 선수입니다. 두뇌 회전이 빠르고 운동량도 많습니다. 그리고 미드필드 어느 곳에서든 뛸 수 있어요. 교토에서도 잘해 주리라 믿습니다."

그는 드디어 꿈에 그리던 프로 리그에 진출하게 되었습니다.

'아, 드디어 프로 선수가 되는구나!'

한편 부모님은 아들이 일본으로 떠날 날이 다가올수록 걱정이 앞섰습니다. 태어나서 아직 한 번도 집을 떠나 본 적이 없는 아들이었기 때문입니다.

"걱정하지 마세요. 열심히 해서 좋은 성적을 올리고 돌아올 겁니다."

"그래. 지금까지 해 온 것처럼 착실하게 하면 일본에서도 성

76

세 번째 이야기

공할 수 있을 거야.”

아버지는 아들을 대견스럽게 바라보며 말
씀하셨습니다. 키가 작아서 걱정을 한 것이 엊그제
같은데, 이제는 키도 훤칠하게 자라고 몸과 마음이 튼튼해져
조금은 안심이 되었습니다.

어머니는 아들과 헤어지면서 눈물을 안 보이려고 애를 썼습니
다. 어머니는 박지성 선수가 일본으로 떠나는 날 밑반찬을 잔뜩
준비해서 아들 손에 들려 주셨습니다.

"밥은 꼭 챙겨 먹어야 한다."

"네. 어머니, 너무 걱정하지 마시고 건강하게 잘 계세요."

그는 일본으로 가는 비행기에 몸을 실었습니다.

곤니찌와! 지성

일본에서 시작하는 프로 생활은 온통 새로운 것들뿐이었습니다. 무엇보다도 집을 떠나서 외국 생활을 한다는 것이 가장 새로웠죠. 낯선 사람들과 낯선 언어, 외로움 같은 것들이 종종 그를 힘들게 했습니다. 하지만 힘들어 할 시간이 없다고 생각했어요. 감상에 빠져 있는 것보다 열심히 적응해서 자신의 기량을 보여 주는 것이 자신이 해야 할 일이니까요.

우선 J-리그는 여러 가지 면에서 한국보다 잘 되어 있었습니다. 한국에서는 대학 때까지도 흙먼지 날리는 경기장에서 힘들게 뛰었는데, 일본에서는 유소년 클럽의 선수들도 잔디 구장에서 훈련을 하고 있었습니다.

그는 일본의 앞선 시스템을 부러워하면서 차츰 현지에 적응해 나갔습니다. 외국 생활이 처음이었기 때문에 일단 선수 숙소에서 생활을 했습니다. 따로 아파트를 얻어서 살면 편안하기는 하겠지만, 집을 얻으려면 돈이 많이 들고, 먹는 것이며 청소나 빨래 등 손수 해야 할 일들이 너무 많아 자신이 없었습니다.

숙소에서 생활을 하면 모든 것을 구단에서 알아서 해 주기 때문에 무척 편했습니다. 무엇보다 일본 선수들과 함께 생활하다 보니 빨리 친해지고, 일본어를 배우는 데도 무척 유리했어요.

박지성 선수는 꼬박 일 년 동안 일본어 공부에 매달렸습니다. 말이 통하지 않았기 때문에 외출을 하거나 친구들과 어울리기가 힘들었거든요. 공부 방법은 무조건 일본어 교본을 외우는 것이었어요. 그러다 보니 신기하게도 6개월 후에 귀가 열리고 말이 들리기 시작했어요. 그리고 일 년이 지나자 자연스럽게 말을 할 수 있게 되었고요.

그는 동료인 마쓰이 다이스케라는 선수와 제법 친하게 지냈습니다. 마쓰이는 박지성 선수와 동갑내기인데다 축구도 굉장히 영리하게 하고 성격도 좋았어요.

이따금 마쓰이와 교토 시내에 나가서 식사도 하고 영화 구경도 하면서 즐거운 시간을 보내곤 했습니다. 일본을 떠난 후에도 마쓰이와 우정을 나누는 사이가 되었지요.

박지성 선수는 교토에서 무슨 일이든 열심히 했습니다. 특히 힘을 기르기 위해 아무리 피곤해도 쉬지 않고 바벨과 벤치 프레스를 잡고 땀을 흘렸습니다. 덕분에 좋은 성적을 올려 이듬해에는 소속팀과 재계약을 맺었습니다. 재계약을 하고 나니 '이제는 정말 제대로 프로로 인정을 받는구나' 하는 생각에 기쁨을 감출 수가 없었습니다.

이후 3년간 그는 마쓰이, 미우라 가즈요시 등과 함께 맹활약을 펼쳤습니다. 팀이 2부로 강등된 후에도 다양한 포지션을 소화하면서 팀을 다시 1부 리그로 끌어올리는 데에 큰 공을 세웠습니다.

여러분의 문제가 뭔지 아시오?

2002년 한일 월드컵은 박지성 선수의 운명을 완전히 바꾸어 놓았습니다. 그것은 열두 번째 선수인 히딩크 감독님을 만났기 때문이에요. 거스 히딩크 감독님은 박지성이란 선수의 잠재력을 누구보다 잘 알아본 사람입니다.

박지성 선수는 2002년 한일 월드컵에도 국가대표 선수로 뽑혀서 훈련에 들어갔습니다.

2001년 1월, 바람이 유독 거센 날이었습니다. 30여 명의 대표 팀 선수들은 울산으로 모두 집~합! 그날은 히딩크 감독님과의 첫 만남이 있는 날이었어요.

여러분도 새 학년에 올라가면 선생님은 어떤 분이실까 무척 궁금할 거예요. 운동경기에서는 경기에 참가하는 선수들도 물론 중요하지만, 그 팀을 맡은 감독님도 대단히 중요한 사람이죠. 그래서 저 멀리 네덜란드에 있는 히딩크 감독님을 모시고 온 것이고요.

선수들은 스페인 프로팀인 레알 마드리드와 네덜란드 대표팀의 감독으로 이름을 날린 외국인 감독님을 맞이해서 조금 긴장하고 있었습니다.

"헬로? 나 히딩크요. 앞으로 친하게 지냅시다."

히딩크 감독님은 활짝 웃으며 말했습니다. 그는 영어로 말을 했는데, 네덜란드 악센트가 섞여 있어 특유의 허스키한 목소리가 더욱 힘 있게 들렸습니다. 또 선수들의 눈을 쳐다보면서 한 사람, 한 사람과 다정하게 악수를 나누었습니다.

"나는 한국 축구가 강인한 정신력과 근성을 가진 축구라고 생각합니다. 하지만 빠진 게 하나 있어요. 그것이 무엇이라고 생각합니까?"

감독님의 느닷없는 질문에 선수들은 아무도 대답을 하지 못했습니다.

"한국이 월드컵에 과거 다섯 번이나 나갔으면서 한 번도 이기

두 개의 심장을 가지고 뛰어라

지 못한 이유를 뭐라고 생각하나요?"

히딩크 감독님은 계속해서 질문을 했습니다. 그러자 선수들이 자신감 부족, 기술 부족 등의 이유를 대기 시작했습니다.

그러자 히딩크 감독님이 고개를 가로저으며 말했습니다.

"그게 아니에요. 한국이 아시아에서 체력이 좋은 편이라고 하지만, 내가 보기에는 아니에요. 한국팀은 체력이 약해요. 후반 20분만 지나면 잘 뛰지를 못하고 무기력해집니다. 또한 조직력, 특히 수비의 짜임새가 없어요. 그래서 패스 미스가 많은 겁니다. 체력이 약하니 볼 지배력과 골 결정력에도 문제가 생기는 거지요."

정말 핵심을 찌르는 신랄한 지적이었습니다. 히딩크 감독님이 온 후 국가대표팀은 바뀌기 시작했습니다. 엄청난 스피드와 체력을 앞세운 한국식 축구가 재탄생하는 과정이었죠.

그러던 어느 날 히딩크 감독님은 꽁꽁 얼어붙어서 살얼음까지 깔린 운동장에서 누구보다 열심히 연습 경기에 몰두해 있는 박지성 선수의 모습을 보았습니다.

"그 녀석 정신력 하나는 좋네."

히딩크 감독님은 그렇게 중얼거리며 박지성 선수가 뛰는 모습을 오랫동안 지켜보았습니다. 감독님의 독수리처럼 날카로운 눈은 벌써 박지성의 숨겨진 재능을 읽고 있었습니다. 히딩크 감독님이 그에게 다가가 말했습니다.

"너의 정신력을 높이 평가한다. 그런 정신력이면 훌륭한 선수가 될 것이다."

뜻밖의 칭찬을 들은 박지성 선수는 가슴이 두근거려 "땡큐"라는 말도 제대로 못했지만 속으로는 뛸듯이 기뻤습니다. 그 후 히딩크 감독님은 그의 플레이를 눈여겨보며 특별한 가르침을 선물했습니다.

두 개의 심장을 가지고 뛰어라

그라운드를 누비며 공격하고 수비하고

　그 후 히딩크 감독님은 일 년이란 시간 동안 한국 축구의 스타일을 완전히 바꾸어 놓았습니다. 그는 강한 체력을 바탕으로 한 네덜란드식 '토털 축구'를 강조했습니다.

　토털 축구란 네덜란드에서 고안한 것으로 선수들의 포지션을 고정하지 않고 융통성 있게 뛰도록 하는 전술입니다. 말하자면 수비수도 공격을 하고, 공격수도 미드필드에서 뛰는 것이지요. 이것을 흔히 멀티플레이라고 부르는데, 모든 선수가 활발하게 그라운드를 누비니 관중들은 선수들의 역동적인 움직임에 환호할 수밖에 없지요.

그런데 이런 토털 축구를 하려면 강한 체력이 필수입니다. 그래서 히딩크 감독님은 월드컵을 일 년 앞둔 상황에서 체력 강화를 최우선 목표로 하고 선수들을 훈련시켰습니다.

"축구의 기본은 기술이지만 체력이 뒷받침되지 않으면 어떤 기술도 먹히지 않습니다. 운동장에서는 체력과 스피드로 앞서는 팀이 이길 수밖에 없어요."

한국 선수들은 기술은 어느 정도 되니까 지치지 않는 체력과 강인한 정신력만 기르면 유럽이나 중남미의 강호들을 만나도 문제가 없다는 것이 감독님의 생각이었습니다.

한국 축구는 강한 체력과 정신력을 기르는 데 주력했습니다. 그리고 점점 강한 체력을 바탕으로 상대편 선수들을 끊임없이 압박하면서 공을 오래 소유하며 기회를 노리는 네덜란드식 토털 축구를 닮아갔습니다. 그러다 보니 순간순간 상황에 대처하는 능력과 골 결정력이 월등하게 좋아졌습니다. 집중 훈련 결과는 일 년 후 성적으로 드러났습니다.

월드컵을 앞두고 한국팀은 유럽의 강팀인 스코틀랜드, 프랑스, 잉글랜드와 마지막 평가전을 치르면서 좋은 성적을 거두었습니다. 선수들은 점점 해 볼만하다는 자신감을 갖게 되었습니다.

두 개의 심장을 가지고 뛰어라

특히 박지성 선수는 모든 경기에 공격수로 출전해서 프랑스 전과 잉글랜드 전에서 골을 터트리는 실력을 발휘했습니다. 프랑스 전에서는 후방에서 연결된 공을 건드리지 않고 공의 바운드에 맞춰서 뛰어가다가 단 한 번의 깨끗한 대각선 슛으로 골문을 갈랐습니다. 잉글랜드 전에서는 최진철 선수가 떨어뜨려 준 코너킥을 다이빙 헤딩해서 골로 연결시켰습니다.

"와! 와!"

"대한민국, 최고다!"

관중석에서는 우레와 같은 붉은 악마의 함성이 울려 퍼졌습니다. 박지성 선수는 세계적인 강팀의 골네트를 흔드는 짜릿한 기쁨을 느끼며 이제부터가 시작이라고 생각했습니다.

2002년 한일 월드컵의 '붉은 6월'은 그렇게 시작되었습니다.

너는 잉글랜드로 가게 될 거야!

한일 월드컵 직전까지만 해도 박지성 선수에 대한 언론과 팬들의 관심은 대단하지 않았습니다. 북중미 골드컵 대회에 나가서 부상을 입고 벤치 신세를 지고 있는 박지성 선수를 보며 월드컵에서 뛰지 못할 거라고 말하기도 했고요.

언젠가 그가 부상으로 경기를 뛰지 못하고 우울한 얼굴로 경기장 벤치에 앉아 있을 때였습니다. 다른 선수들이 경기하는 모습을 바라보고 있는데 히딩크 감독님이 다가와서 그의 어깨를 툭 치며 말했습니다.

"지성, 너무 우울해하지 마라. 너는 정신력이 뛰어나 세계 최고의 클럽에서 뛸 수 있을 거야. 기술이나 다른 것이 뛰어나도 정신력이 따르지 못하면 최고가 될 수 없다. 너는 뛰어난 정신력을 가지고 있으니 가능성이 많아. 희망을 갖고 열심히 해야 한다."

그는 느닷없는 칭찬에 잠시 멍해졌습니다. 히딩크 감독님은 얼떨떨한 표정을 짓고 있는 그를 남겨두고 언제 그랬냐는 듯, 유유히 그라운드 쪽으로 걸어갔습니다.

'내가 세계 최고 무대에서 뛸 수 있다고? 그게 가능한 일일까? 내가 부상 중이라서 위로해 주느라고 괜히 그러시는 것은 아닐까?

박지성 선수는 실감나지 않는 칭찬에 이런저런 생각에 잠겼습니다. 그렇지만 기분은 황홀할 정도로 좋았습니다. 히딩크 감독님의 칭찬을 듣고부터 울적함은 씻은 듯 사라지고, 하늘이라도 날아오를 듯 가슴이 벅차올랐습니다.

칭찬은 고래도 춤추게 한다는 말을 들어보았지요? 히딩크 감독님의 칭찬은 그에게 힘을 주었고 스스로를 더 채찍질하는 계기로 만들어 주었습니다.

2002년 5월 초, 대표팀은 제주도 서귀포에서 합숙 훈련을 한 적이 있었습니다. 월드컵 개막을 앞두고 선수단 전체의 긴장도가

나날이 높아지고 있을 때였죠. 박지성 선수 스스로도 그동안 히
딩크 감독님과 함께한 훈련 덕분에 변화를 느끼고 있었습니다.

어느 날 그는 히딩크 감독님과 호텔 복도에서 우연히 만났습
니다.

"지성, 오늘 컨디션 어때?"

그는 말없이 수줍게 웃었습니다.

"월드컵에서 제대로 한 번 보여 주자. 지성도 잉글랜드 같은
큰 무대에서 뛰어야지? 월드컵에서 우리 팀이 좋은 성적을 올리
면 지성에게 잉글랜드에서 뛸 수 있는 기회가 올 거라고 생각한
다."

순간 그의 작은 눈이 동그랗게 변했습니다.

"잉글랜드요?"

자신도 모르게 큰소리로 되물었습니다. 그러자 히딩크 감독님
이 특유의 장난스러운 미소를 지으며 말했어요.

"물론 운도 좀 따라야지."

훗날 박지성 선수는 영국 맨체스터 유나이티드로부터 스카우
트 제의가 있을 때 히딩크 감독님에게 전화를 걸었습니다.

"감독님이 잉글랜드에서 뛸 수 있을 거라고 하셨는데 진짜 잉

두 개의 심장을 가지고 뛰어라

글랜드에서 제의가 왔어요."

그러자 히딩크 감독님은 농담을 하며 호탕하게 웃었습니다.

"내가 그런 말을 했다고? 이럴 수가! 큰 실수를 했군! 네덜란드에서 계속 뛸 거라고 말했어야 했는데."

그는 지금도 히딩크 감독님이 보내 준 격려와 관심이 없었다면 지금과 같은 스타플레이어가 될 수 있었을까 생각하며 감독님에게 늘 감사함을 느낀다고 합니다.

인기를 몰고 다니는 발바닥

월드컵 대표팀 주치의가 부상 부위를 살펴보다가 물었습니다.

"이 발로 축구를 하다니! 힘들지 않았나?"

박지성 선수가 의아하며 물었습니다.

"왜요? 제 발이 어때서요?"

주치의가 오히려 놀라서 되물었습니다.

"뭐라고? 자네 발이 평발인지 몰랐단 말이야?"

"제 발이 평발이라고요?"

"그래, 그걸 모르고 여태 축구를 했어?"

박지성 선수의 발은 운동하기에 최악인 평발이었습니다. 본인은 2002년 월드컵을 준비하면서 그 사실을 처음 알게 된 것이고요.

'아, 내 발이 평발이었구나. 그래서 러닝을 심하게 하면 발이 아팠던 건가?'

축구 선수는 당연히 발이 아픈 것인 줄 알았는데 그게 아니었나 봅니다. 하지만 그는 자신이 평발이라는 말을 듣고도 '아픔'을 잊고 더욱 열심히 뛰었습니다.

어느 축구 해설위원은 박지성의 발에 대해 이렇게 말했습니다.

"그의 발에 페인트를 묻혔다면 그라운드 모든 곳에 그의 발자국이 남았을 것이다."

또 어느 늦은 저녁 치료실에 혼자 남아 발에 박힌 굳은살을 잘라내고 있던 박지성 선수에게 누군가 아프지 않느냐고 물었다고 합니다. 그는 이렇게 말했죠.

"이 굳은살이 있었기에 내가 성공하고 있는지 모르겠지만…… 다른 살을 아프게 눌러요."

하지만 박지성 선수는 발 때문에 더욱 유명해졌어요. 한일 월드컵 이후 어느 잡지에서 찍은 박지성 선수의 발 사진이 인터넷에 오르면서부터입니다.

발은 축구 선수에게 가장 중요한 신체 부위지만 제일 고생하는 부분이기도 하잖아요. 뛰고 달리며 혹사를 하는 것은 물론이고, 밟히거나 공을 차다가 부상을 당하기도 해요. 그래서 굳은살이 박히고 또 박혀 콘크리트처럼 단단해집니다.

　　팬들은 박지성 선수의 발을 본 후부터 발에 바르는 화장품을 선물로 보내 준다고 합니다. 그는 팬들의 사랑이 담긴 화장품을 받고서 '제2의 심장'이라고 불리는 발을 열심히 관리하고 있다고 하네요.

두 개의 심장을 가지고 뛰어라

숨 막히는 산소탱크의 골인

드디어 2002년 한일 월드컵이 개막했습니다. 월드컵의 열기는 하늘을 찌르는 듯했고 전 국민의 축제로 번져 나갔습니다. 한반도를 뒤덮은 붉은 악마의 물결이 어디를 가나 넘실거렸습니다.

2002년 한국 축구팀은 흰색 티셔츠의 유니폼을 입었고, 관중석은 온통 붉은색으로 뒤덮였습니다.

"대~한민국! 짝짝~ 짝짝짝."

"오~ 필승, 코리~아!"

붉은 악마의 물결이 거리로 광장으로 넘쳐나고 있었습니다. 2002년 월드컵은 연속되는 이변으로 처음부터 흥미를 끌었습니다. 가장 강력한 우승 후보로 손꼽혔던 프랑스는 월드컵에 처음 참가한 세네갈에게 패해 조별 리그조차 통과하지 못하고 예선에서 탈락하고 말았습니다. 또 다른 우승 후보 중에 하나인 아르헨티나도 마찬가지였습니다.

그런데 가장 큰 이변은 바로 '대한민국' 이었습니다. 결정적으로 전 국민의 열기를 하나로 모은 것은 16강을 결정지은 박지성 선수의 골이었죠.

2002년 6월 14일! 인천 문학 경기장에서 열린 한국과 포르투갈의 D조 마지막 경기였어요. 그 경기만 이기면 한국 축구의 숙원인 월드컵 16강 진출이 이루어지기 때문에 우리 선수들은 죽을힘을 다해 뛰었습니다.

후반 25분, 드디어 운명의 여신이 박지성 선수에게 손짓을 했습니다. 이영표 선수가 포르투갈 진영 왼쪽에서 오른발 크로스로 올려 준 공이 반대편 골문에서 기다리던 박지성 선수에게 날아간 것이죠. 그는 가슴으로 볼을 트래핑한 다음 상대 수비수가 달려들자 공을 살짝 띄워서 따돌리고 아주 강한 왼발 슛을 논스톱으로 날렸습니다.

"슈~웃! 골~인! 골인입니다. 골~ 골골!"

두 개의 심장을 가지고 뛰어라

100

눈 깜짝할 사이에 공은 골키퍼의 가랑이 사이로 파고들었고 네트를 찰랑찰랑 흔들었습니다. 국민들은 한반도가 흔들리도록 일제히 환호성을 질렀습니다. 모르는 사람과도 얼싸안고 춤을 추는 것은 물론이고, 아무리 소리를 질러도 그 기쁨을 다 표현하지 못했습니다.

박지성 선수는 미칠 것 같은 흥분 속에서 골 세레머니를 하면서 그라운드를 내달렸습니다. 그리고는 벤치를 향해 달려가서 히딩크 감독님의 품안에 안겼습니다.

마치 벅차오르는 기쁨을 참지 못하는 아버지와 아들의 포옹 같았습니다.

그의 골은 한국 사상 첫 월드컵 16강 진출을 확정짓는, 그리하여 지난 48년간의 한을 통쾌하게 풀어낸 감격적인 골이었습니다. 영국의 BBC방송은 박지성 선수가 포르투갈 전에서 뽑아낸 골을 2002년 월드컵에서 기록된 가장 멋진 골로 선정하기도 했습니다.

경기가 끝난 후 김대중 대통령은 영부인과 함께 선수단이 모여 있는 탈의실로 직접 찾아갔습니다.

"정말 수고하셨습니다."

대통령은 히딩크 감독님에게 다가가서 그를 꼭 끌어안았습니다. 그리고 열심히 뛴 선수들의 손을 일일이 잡으며 격려했습니다. 대통령도, 선수들도, 감독님도 모두 감격에 젖어 있었습니다. 5천만 국민들은 말할 것도 없고요.

한국팀이 16강에 진출하자 붉은 악마의 함성은 더욱 드높아졌습니다. 그리고 8강, 4강으로 이어지는 한국 축구의 신화가 시작된 것입니다.

만약 그날 포르투갈 전에서 박지성의 결승골이 들어가지 않았다면 우리는 월드컵 4강 신화를 만들 수 있었을까요? 박지성이 넣은 2002년의 그 골은 한국 축구의 역사를 새롭게 썼습니다.

한 신문 기자는 "약간의 과장을 더한다면 이 장면은 한국 축구의 역사를 그 전과 후로 나누는 '기원'에 해당하는 것일지도 모르겠다"라는 내용의 기사를 쓰기도 했습니다. 정말 그 골은 단순한 골 이상의 가치를 지니는 득점포였습니다.

두 개의 심장을 가지고 뛰어라

다섯 번째 이야기

괜찮아!
다시 일어설 수 있어

세 번째 이야기

풍차의 나라에서 날아온 러브 콜

2002년 월드컵에서 환상적인 플레이를 보여 준 박지성 선수
는 다시 한국을 떠나 일본 교토로 돌아갔습니다. 이제 국가대표
가 아닌 프로 선수로서 경기에 나설 때가 온 것이죠.

그런데 어느 날 네덜란드에서 연락이 왔습니다. 에인트호벤으
로 와서 함께 운동하자는 히딩크 감독님의 전화였어요. 한국에게
월드컵 4강의 신화를 안겨 주고 고국 네덜란드로 금의환향한 히
딩크 감독님은 PSV 에인트호벤의 감독직을 맡고 있었거든요.

"너와 영표를 에인트호벤으로 부르고 싶다. 올 수 있겠니?"

박지성 선수는 네덜란드가 잉글랜드, 스페인, 이탈리아 같은

소위 말하는 빅리그는 아니지만, 히딩크 감독님이 계신 곳이라 마음이 끌렸습니다. 또 그곳은 언제든 빅리그로 갈 수 있는 기회가 늘 열려 있었죠.

에인트호벤은 아약스, 페예노르트와 함께 네덜란드의 3대 명문팀이었습니다. 또 허정무 감독님이 1980년대에 뛰었던 클럽이어서 이름도 낯설지 않았고요.

유럽 무대 적응이 쉽지 않다는 것은 이미 다른 선배 선수들을 봐서 잘 알고 있었습니다. 하지만 일 년 반 이상 생사고락을 함께하고, 자신의 장점과 단점을 속속들이 알고 있는 히딩크 감독님이 부른다니 더 이상 망설이고 싶지 않았습니다. 계약 조건도 무척 좋은 편이었고요.

소속팀인 교토 구단의 모그룹인 쿄세라의 회장까지 나서서 일본에 남아 줄 것을 부탁했지만, 그는 결국 네덜란드행을 결심했습니다.

2003년 1월 1일, 박지성 선수는 일본에서의 마지막 경기로 천황배대회 결승진에 출전했습니다. 계약 기간은 2002년 12월 31일까지이기 때문에 출전하지 않아도 되었지만 마지막 의리를 지킨 것이죠.

그는 가시마 앤틀러스를 맞아 0 대 1로 뒤지던 후반 7분, 프리
킥을 받아 헤딩으로 승리의 골을 터트려 사상 처음으로 교토 구
단에 천황배 우승컵을 안겨 주었습니다. 그는 무명의 선수였던
자신을 스카우트 해 준 교토 구단에게 마지막으로 멋진 선물을
안겨 준 것 같아 마음이 뿌듯했습니다.

박지성 선수는 2년간의 일본 생활을 뒤로 하고, 곧 네덜란드
로 떠났습니다.

지성을 괴롭히는 무시무시한 괴물

　다시 만난 히딩크 감독님은 박지성 선수를 많이 배려해 주었습니다. 하지만 반가움과 고마움도 잠시, 네덜란드에서의 생활은 시작부터 어려움의 연속이었습니다. 전부터 미세한 통증이 있었던 오른쪽 무릎이 시간이 지날수록 더 많이 아팠거든요.

　하지만 무릎보다 마음이 더 아팠어요. 에인트호벤에 입단한지 2개월도 안 되어 경기에도 나가지 못하고 벤치 신세를 졌으니얼마나 속상했겠어요.

　그동안 몸 관리를 위해 웨이트 트레이닝을 하면서 컨디션 조절을 해서 별문제가 없었는데, 하필이면 네덜란드에 도착해서 제대로 뛰어 보기도 전에 말썽이 생긴 거예요.

무리해서 몇 경기를 뛰어 봤지만 몸을 마음대로 움직일 수가 없었습니다. 분명 병원에서 큰 이상이 없다고 했는데 정말 왜 그 럴까요? 박지성 선수의 몇몇 경기를 지켜보던 네덜란드 언론들 은 그에게 날카로운 비수를 꽂기도 했습니다. 하지만 히딩크 감 독님은 그런 언론들을 향해 이렇게 말했습니다.

"박지성 선수는 휴식이 필요합니다. 우리는 그를 기다려 주어 야 합니다."

2003년 3월, MRI 등 정밀검사를 받은 결과 무릎 연골 가운데 일부가 찢어졌다는 진단이 나왔습니다. 한일 월드컵을 준비하면 서 한국과 일본을 오가며 뛴 탓에 5일 이상 쉬어 본 적이 없을 만 큼 몸을 혹사했기 때문이었죠.

에인트호벤의 전문 의료진은 통증을 완전히 없애려면 찢어진 연골을 제거하는 관절경 수술을 받는 것이 가장 빠르고 확실한 방법이라고 했습니다. 다행히 큰 수술은 아니었지만 걱정이 되 었죠.

"수술을 받도록 해라. 아픈 다리를 끌고 그라운드에 나가면 무슨 소용이 있겠니."

그는 시즌이 종료된 후 수술을 받을 생각이었지만, 히딩크 감독님은 건강이 먼저라며 수술을 권했습니다. 그리하여 그는 난생처음 수술대에 올랐고 찢어진 무릎 연골을 제거하는 수술을 받았죠.

한 시간이 넘는 수술이 끝난 후, 주치의가 잘라낸 연골 조각을 흔들어 보여 주었습니다. 박지성 선수는 그것을 보며 씁쓸한 생각이 들었습니다.

'저 녀석이 나를 그렇게 괴롭혔구나!'

그는 한동안 휠체어 신세를 져야 했습니다. 그라운드를 누비며 펄펄 뛰어다니던 야생마가 휠체어를 타고 다녀야 했으니 얼마나 갑갑했을까요? 또 스스로 한심하다는 생각도 했을 거예요. 창밖으로 내다보이는 네덜란드 특유의 우중충한 회색 하늘이 자신의 마음처럼 보였고요.

아들이 수술을 받는다는 소식에 부모님이 부랴부랴 네덜란드로 날아왔습니다. 그런데 그 몸으로는 도저히 운전을 할 수가 없어서 마중 나갈 방법을 찾아야 했죠. 그는 병원 직원에게 간곡히 부탁을 했습니다.

"죄송한데요, 저 좀 공항까지 데려다 주실 수 있으세요?"

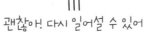

괜찮아! 다시 일어설 수 있어

그는 다른 사람의 도움을 받고 간신히 부모님을 마중하러 나갈 수 있었습니다.

박지성 선수는 목발을 짚고 서서 입국장을 빠져나오는 부모님을 맞이했습니다. 문득 부모님의 얼굴을 보기가 무척 죄송스러웠습니다. 그래도 그는 억지로 활짝 웃었어요.

아버지는 웃는 것도, 우는 것도 아닌 아들의 얼굴을 보며 입을 꾹 다문 채 고개를 끄덕였습니다. 어머니는 눈물을 흘리며 말없이 고개를 돌리셨고요.

무릎 통증보다 더 힘들었던 건

수술 이후 박지성 선수는 최악의 시간을 보내야 했습니다. 수술은 무사히 마쳤지만 부상보다 더 큰 장벽이 도사리고 있을 줄은 전혀 몰랐어요.

수술 다음 날부터 시작된 재활훈련은 생각보다 쉽지 않았습니다. 약해질 대로 약해진 근육을 강화시키기 위해 끊임없이 같은 동작을 반복해야 했지만, 그때마다 어마어마한 통증이 덮쳐왔거든요.

다친 근육은 물론 반대쪽 근육에도 통증이 심해졌고, 자신도 모르게 비명이 나오기도 했습니다. 고통이 너무 심하다 보니 우선 무엇을 해야 한다는 의욕이 생기지 않았습니다. 하지만 그는 어금니를 꽉 깨물고 정신을 차렸습니다.

'내가 좋아하는 축구, 내가 소망하는 꿈을 이루기 위해서는 이를 악물고 견뎌내야 한다. 여기서 무너지면 끝장이다.'

그는 이를 악물고 고통을 참으며 재활훈련용 자전거 페달을 돌렸습니다. 모든 일이 다 잘될 거라고 기도하며 땀을 흘리는 수밖에 없었지요.

박지성 선수는 수술을 하고 6주가 지나서야 경기장으로 돌아갈 수 있었습니다. 그러나 예전의 볼 감각과 컨디션이 전혀 살아나지 않았습니다.

경기의 리듬을 타지 못하고 한 템포씩 늦은 플레이를 하자 동료들도 패스를 꺼렸습니다.

그러자 에인트호벤 팬들도 그를 향해 야유를 퍼부었습니다. 급기야 홈팬들은 그가 공을 잡기만 하면 "우~ 우~ 우~" 하며 아시아에서 온 청년의 기를 꺾었습니다. 때로 "동양에서 온 이상한 선수가 팀을 망친다"는 욕설이 들리기도 했습니다. 힘없이 고개를 떨구는 그를 향해 쓰레기를 던지는 팬도 있었습니다.

그는 자신감마저 잃어버리고 절망의 늪에서 몸부림쳐야 했습

119
괜찮아! 다시 일어설 수 있어

니다.

고통의 늪에 빠져 있을 무렵, 박지성 선수에게 유혹의 손길이 다가왔습니다. J-리그 '비셀 고베'와 그 전에 뛰었던 '교토 상가'에서 그에게 영입 제의를 해 온 것입니다.

특히 비셀 고베는 파격적인 금액을 제시하며 그를 구단의 간판스타로 키우겠다고 약속했습니다. 그는 잠시 흔들렸습니다. 익숙한 무대인 일본으로 돌아가 잃어버린 자신감을 되찾고 새 출발을 하고 싶었기 때문이에요. 그것은 박지성 선수가 은근히 바라던 소망이기도 했습니다.

야유를 퍼부어 대는 에인트호벤의 팬들을 생각하면 뒤도 돌아보지 않고 떠나고만 싶었습니다. 그들을 원망하고 미워서 그런 게 아닙니다. 잘하고 싶은데 안 되고, 팬들의 기대에 부흥하지 못하는 자신이 미웠던 거예요.

고민하던 그는 히딩크 감독님에게 고민을 털어놓았습니다. 그러자 히딩크 감독님이 단호하게 말했습니다.

"아직 포기하고 돌아갈 때가 아니다. 포기하지 말고 남아서 계속 도전해라. 난 내 눈을 믿고 너를 믿는다. 너는 에인트호벤에서 반드시 성공할 것이다."

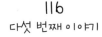

히딩크 감독님의 그 말은 박지성 선수에게 용기를 주었습니다. 사실 그는 언제 퇴출될지 모른다는 강박관념에 시달리고 있었습니다.

장내 아나운서가 자신의 이름을 부를 때마다 들려오는 홈팬들의 야유를 듣는 것은 선수로서 견디기 힘든 일이었습니다. 그런 소리를 들으며 미래에 대한 불안감에 휩싸였던 것이죠.

하지만 히딩크 감독님의 격려를 들으며 자신을 짓누르던 불안감에서 조금씩 벗어날 수 있었습니다.

그는 당장은 힘들더라도 네덜란드에 남아서 자신에게 야유를 보내는 팬들에게 보란 듯이 일어서고 싶었습니다. 무엇보다 자기 자신을 이기고 싶었습니다. 그는 달콤한 돈의 유혹을 뿌리치고 재도전을 선택한 뒤에 서서히 부활하기 시작했습니다.

'나는 축구라는 감옥에 갇혀 있고, 스스로 슬럼프에서 벗어나지 못하는 한 이 감옥의 문은 열리지 않을 것이다.'

'축구 감옥' 은 그가 처한 혹독한 현실이었습니다. 그 후 그는 비장한 각오를 하고 철저한 자기관리와 통제된 생활을 하면서 입에서 단내가 나도록 연습을 했고 모든 경기에 성실하게 임했습니다.

'언젠가 저 야유 소리를 나를 향한 환호성으로 바꿔 놓겠다.'

'나는 나를 이길 수 있다!'

그는 죽을힘을 다해 앞을 향해 뛰고 또 뛰었습니다. 단 한 차례의 패스 미스에도 예외 없이 터지는 야유가 쉽게 끝나지 않을 거라 생각하고, 되도록 신경 쓰지 않기 위해 마음을 다잡기도 했습니다.

히딩크 감독님은 극성스러운 팬들이 운집한 홈경기보다는 원정경기 위주로 박지성 선수를 내보내며 그의 부활을 도왔고, 마음속으로 그를 응원했습니다.

그는 끊임없이 "나는 할 수 있어"라는 주문을 외치며 자신감을 키웠고 차차 예전의 모습을 되찾았습니다.

어려운 시기에 큰 도움이 됐던 사람은 에인트호벤에서 2년 반 동안 함께 생활한 이영표 선수였습니다.

"조금만 참고 기다려. 너는 반드시 이겨낼 수 있어."

이영표 선수는 너무도 성실하고 의지력이 강한 스타일이어서 후배인 박지성 선수에게 여러 가지로 모범이 되었습니다.

그는 선배의 말대로 참고 견디며 힘든 시간들을 보냈습니다. 그가 만일 J-리그의 유혹에 넘어갔거나 히딩크 감독님이 박지성 선수에 대한 믿음을 버렸다면, 오늘날 맨체스터 유나이티드의 '산소탱크'는 없었을 것입니다. 그는 위기를 기회로 삼아 인생의 터닝 포인트로 만드는 데 성공한 것입니다.

괜찮아! 다시 일어설 수 있어

지승 빠르크를 위한
개선행진곡

박지성 선수는 어느 정도 시간이 지나자 예전의 컨디션을 되찾았고, 패스 타이밍과 골 결정력도 놀라울 정도로 정확해졌습니다. 부상에서 회복한 그가 예전의 성실한 모습과 뛰어난 볼 감각을 다시 보여주자 동료들의 차가운 시선도 따뜻하게 바뀌어 갔고요.

2005년은 유럽 축구계에 박지성이라는 존재를 알리는 한 해였습니다. 에인트호벤은 2005년 유럽축구연맹(UEFA) 챔피언스리그에서 AS 모나코, 올림피크 리옹 등 프랑스의 강호들을 꺾고 4강에 진출했고, 세계적인 명문인 AC 밀란과 한 치의 양보도 없는 치열한 승부를 벌였습니다.

그는 AC 밀란과의 4강 2차전 홈경기에서 불과 전반 9분 만에 순간적인 돌파를 통해 선제골을 기록했습니다. 이탈리아 빗장수비의 본거지인 AC 밀란을 상대로 거침없는 왼발 골을 성공시키며 팀을 승리로 이끈 것입니다. 힘든 슬럼프를 이겨내고 되찾은 감동적인 순간이었죠.

프랑스의 케이블 채널의 한 축구 해설가는 에인트호벤과 AC 밀란과의 챔피언스 리그 준결승전을 해설하던 도중, 박지성 선수의 무서운 체력에 대해 이렇게 말했습니다.

"혹시 시청자 여러분께서 헷갈리실까 봐 말씀드리는 것입니다. 지금 공격과 미드필드, 수비에서 뛰고 있는 빠르크(park)는 한 명입니다. 세 명이 아니라는 점을 명심하셔야 합니다."

아무도 눈여겨보지 않았던 한 선수가 세계의 주목을 받는 순간이었죠. 눈이 좋은 전문가들은 이미 박지성의 부활을 확신했습니다. 네덜란드의 축구 전문가인 요한 크라위프는 PSV 에인트호벤의 2차전 홈경기를 예상하면서 "기적이 일어난다면 박지성의 발끝일 것"이라고 예언했습니다. 경기 내내 종횡무진 활약을 보인 박지성 선수는 팬들과 언론들의 찬사를 한 몸에 받았습니다.

그리고 무엇보다 가장 극적이었던 것은 그를 그토록 괴롭혔던 PSV 에인트호벤 팬들의 야유가 열광적인 '지숭 빠르크(Ji-sung Park)' 노래로 바뀌었다는 점입니다. 그는 자신에 대한 야유가 빗발쳤던 필립스 스타디움 안에서 자신을 위한 노래가 울려 퍼지는 것을 들으며 속으로 감격의 눈물을 흘렸습니다.

AC 밀란과의 4강전은 그가 축구를 시작한 이후 가장 열정적으로 그라운드를 뛰며 환희를 맛본 경기 중에 하나였습니다. 무엇보다 일 년여 전과는 완전히 달라진 팬들의 애정을 느낄 수 있어서 기뻤습니다. 팬들이 부르는 '지숭 빠르크를 위한 노래'가 마치 개선행진곡처럼 들렸습니다. 늪처럼 발목을 잡아끌던 기나긴 슬럼프에서 드디어 벗어난 것입니다.

그렇게 환상적인 시즌을 보낸 박지성 선수에게는 아직도 행운이 남아 있었습니다. 앞으로 그에게 무슨 일이 일어날까요……?

2005년 5월 29일

"헬로?"

전화를 한 사람은 세계 최고 명문 구단으로 불리는 맨체스터 유나이티드의 명감독 알렉스 퍼거슨 감독님이었습니다.

"나는 퍼거슨 감독입니다. 맨체스터 유나이티드와 나는 당신을 원하고 있어요. 당신은 우리 팀에 와서 잘할 수 있어요."

퍼거슨 감독님은 영어에 서툰 상대편을 배려해서 쉬운 단어를 골라 또박또박 끊어가며 다정한 목소리로 말했습니다.

순간 박지성 선수는 자신의 귀를 의심했습니다. 맨체스터 유나이티드라니! 정말 믿어지지 않았습니다. 텔레비전에서나 보던 세계 최고 축구 클럽인 영국 맨체스터 유나이티드의 세계적인 명장이 스카우트 제의를 해오다니요!

지금도 그에게 2005년 5월 29일은 인생에서 잊을 수 없는 날입니다. 그런 일이 일어나리라고는 꿈에도 생각하지 못했는데, 하늘이 주신 기회가 갑작스럽게 찾아온 거예요.

퍼거슨 감독님이 박지성 선수에게 직접 전화를 한 것은 그가 AC 밀란과의 4강 2차전 홈경기에서 전반 9분 만에 순간적인 돌파를 통해 선제골을 기록하는 장면을 보고 나서였습니다. 감독님은 세계 최고의 수비수들이 즐비한 밀란의 수비라인을 휘젓는 박지성 선수의 플레이에 매료되어 스카우트를 결심한 것입니다.

당시 맨체스터 유나이티드는 AC 밀란에 2연패를 당하며 16강전에서 탈락했습니다. AC 밀란의 두터운 수비벽을 뚫지 못한 것이 가장 큰 패인이었습니다. 그런데 이 대회에서 에인트호벤 소속이었던 박지성 선수가 그 두터운 수비벽을 뚫고 골을 기록하는 장면을 보고 퍼거슨 감독님이 감동을 한 거예요.

에인트호벤이 챔피언스 리그에서 4강에 오르지 못했다면 박지성 선수는 영국 맨체스터 유나이티드의 붉은 유니폼을 입기 힘들었을지도 몰라요.

퍼거슨 감독님의 전화를 받은 박지성 선수는 6년 전 올림픽 대표팀에 뽑혔다는 소식을 들었을 때와 기분이 똑같았습니다.

'맨체스터 유나이티드라고? 거기에 누가 있더라. 그렇지! 반 니스텔루이가 있구나. 그리고 스콜스, 긱스, 그리고 솔샤르⋯⋯.'

숙소로 돌아오는 동안 그는 멍한 기분으로 그렇게 중얼거리기만 했습니다. 어느 정도 시간이 지나자 자신에게 '새로운 기회'가 찾아왔다는 것을 깨닫게 되었죠. 그것도 엄청난 기회가!

축구 선수로서 한 걸음 더 앞으로 나아가게 된 것이고, 어쩌면 크게 한 번 더 점프를 할 수 있을 거라는 생각도 들었습니다.

자리에 누운 그는 쉽게 잠을 이룰 수가 없었습니다. 한참 후에 가슴 깊숙한 곳에서부터 작지만 또렷한 목소리가 들렸습니다.

"그래! 한 번 해 보는 거야. 어차피 아무것도 없이 시작했잖아. 맨체스터 유나이티드! 그리고 프리미어 리그! 좋아, 도전해 보자!"

네가 정말로 가고 싶다면

흥분과 설렘이 어느 정도 가라앉고 나니 커다란 고민거리가 수면 위로 떠올랐습니다. 자신이 맨체스터 유나이티드를 선택하면 에인트호벤과 히딩크 감독님을 떠나야 한다는 사실이었죠.

그러자 자신에게 새로운 축구 인생을 열어 준 히딩크 감독님과 부모님의 얼굴이 차례로 떠올랐습니다. 맨체스터 유나이티드로 팀을 옮기는 것은 흥분에 휩싸여 쉽사리 결정할 문제가 아니었습니다.

'다른 팀으로 가겠다고 하면 감독님은 뭐라고 하실까?'

맨체스터 유나이티드 구단은 축구 선수로서 포기하기 힘든 좋은 기회지만, 히딩크 감독님에게 등을 돌리는 일은 쉽지 않았습니다. 그리고 무엇보다도 가장 걱정되는 것이 있었어요.

'맨체스터 유나이티드 같은 거대 구단에서 과연 내가 살아남을 수 있을까?'

박지성 선수는 히딩크 감독님에게 자신의 솔직한 심정을 남김없이 털어놓았습니다.

"지성, 너는 성인이니까 네 앞길을 선택할 수 있다. 맨체스터 유나이티드는 훌륭한 구단이야. 물론 대단히 좋은 기회이고! 하지만 유명한 선수들이 많은 만큼 우리 팀에서처럼 매 경기마다 선발로 뛸 수는 없을 거야. 자칫하면 벤치에만 앉아 있다가 계약 기간이 끝날 수도 있어. 그래도 가고 싶은가?"

놀랍게도 히딩크 감독님은 맨체스터 유나이티드로부터 영입 제의를 받고 나서 고민했던 것을 정확하게 지적했습니다.

'좋은 기회지만 자칫하면 경기에서 뛰지 못하는 반쪽짜리 선수가 될 수도 있다.'

"감독님 생각은 어떠세요?"

"네가 정말로 가고 싶다면 나는 허락하겠어."

그는 순간 고민이 되었습니다. 퍼거슨 감독님의 제의를 받은 후 일분일초도 그 생각이 머리에서 떠나지 않았습니다. 수많은 걱정거리와 고민들이 얽히고설킨 실타래처럼 머리를 아프게 만들었지만, 한 가지는 분명했습니다. 맨체스터 유나이티드가 자신을 원하고 있으며, 자신 또한 그곳을 원하고 있다는 사실이죠.

"저는 한 번 가서 부딪쳐 보고 싶습니다."

히딩크 감독님은 흔쾌히 말했습니다.

"그래. 그렇다면 가거라!"

도전해 보지도 않고 포기하는 것은 그에게 어울리지 않는 일이었습니다.

'나는 언제나 도전했고 결국 여기까지 왔다. 맨체스터 유나이티드라고 해서, 목표가 너무 크다고 해서 포기하기에 난 아직 젊다. 나는 할 수 있다!'

국내의 축구 팬들은 영국으로 가라는 쪽과 네덜란드에 남으라는 쪽으로 나뉘어 인터넷에서 설전을 벌이며 박지성 선수를 응원하기도 했습니다.

2005년 6월 22일, 박지성 선수는 세계 축구 팬들의 주목을 받으며 맨체스터 유나이티드와 4년 계약을 맺었습니다.

박지성 선수는 에인트호벤을 떠나며 이적료의 10퍼센트에 해

당하는 금액 60만 유로(3억 5천만 원)를 히딩크 감독님이 운영하는 재단에 기부했습니다. 자신을 키워 주고 이끌어 준 보답을 조금이라도 하고 싶었던 것입니다. 후에 그는 히딩크 감독님이 매우 기뻐했다는 소식을 듣고 마음이 뿌듯했습니다.

사실 60만 유로는 적지 않은 돈이었습니다. 하지만 어려운 환경에 처한 축구 선수와 청소년 가장들을 돕고 있는 히딩크 감독님에게 조금이나마 보탬이 되고자 흔쾌히 기부를 한 것입니다.

여섯 번째 이야기

축구의 제왕이 나가신다!

다섯 번째 이야기

맨체스터 유나이티드 베스트 11

박지성 선수의 맨체스터 유나이티드 입단은 세계 축구계의 관심을 끌기에 충분했습니다. 세계적인 명감독 퍼거슨 감독님이 그를 선택했다는 사실 때문이었죠.

퍼거슨 감독님은 선수를 보는 눈이 세계에서 가장 뛰어난 감독으로 알려져 있습니다. 20년 이상이나 잉글랜드 최고의 클럽인 맨체스터 유나이티드를 이끌어 왔고, 그곳에 모여 있는 선수들 역시 세계적인 기술과 능력을 가지고 있거든요.

2005년 6월 27일 맨체스터 공항에 도착한 박지성 선수는 입단식을 갖고 등번호 13번을 배정받아 맨체스터 유나이티드에 공식 입단했습니다.

꿈에 그리던 프리미어 리그, 그 중에서도 으뜸인 맨체스터 유나이티드의 일원이 된 것입니다. 그는 기라성 같은 스타플레이어들 사이에서 '박지성'이라는 이름을 '베스트 11'에 올리고 싶었습니다.

그런데 맨체스터 유나이티드로 가기 전에 퍼거슨 감독님에 대해서 들은 이야기는 하나같이 무시무시한 내용뿐이었습니다. 아들처럼 키운 데이비드 베컴의 정신상태가 마음에 들지 않자 라커룸에서 축구화를 집어던지고 결국 다른 팀으로 쫓아 버렸다느니, 때가 되면 세대교체를 하는데 피도 눈물도 없이 선수들을 내몬다는 등등의 이야기들이었죠.

그래서 그는 잔뜩 겁을 집어먹고 주눅이 들어 있었습니다. 하지만 막상 만나 본 퍼거슨 감독님은 마음씨 좋은 할아버지 같았습니다. '악명'에 비해 너무도 다른 분위기에 오히려 놀랐죠.

퍼거슨 감독님의 세심함은 훈련 때마다 나타났습니다. 감독님은 훈련 도중에 선수들에게 다가가 이런저런 말을 하며 심리 상태나 컨디션을 체크하곤 했습니다. 그는 새로 입단한 박지성 선수에게 큰 관심을 가지고 훈련 때마다 자주 말을 걸었습니다.

"뭐, 불편한 점은 없어?"

그러나 퍼거슨 감독님이 마냥 자상하기만 한 것은 아니었습니다. 훈련 시간에 늦는 등 선수들의 태도에 문제가 있다 싶으면 금세 무서운 호랑이로 변하곤 하니까요.

퍼거슨 감독님을 놀라게 한 심장

　　박지성 선수가 그라운드를 종횡무진 누비고 다니는 것을 보고 퍼거슨 감독님의 입이 떡 벌어졌습니다. 세계 최고라고 하는 선수들도 90분 내내 전력투구를 하지 않는데, 그는 녹초가 되어 더 이상 움직일 수 없을 때까지 뛰는 것이었습니다.

　　그는 에인트호벤 시절 동료들이 "산소 호흡기를 달고 있는 것 아니냐"고 농담을 했을 만큼 대단한 체력을 자랑했는데, 퍼거슨 감독님이 볼 때에도 과연 그는 대단한 선수였습니다.

　　맨체스터 유나이티드의 메디컬 테스트(입단 계약 전에 몸 상태를 점검하기 위해 구단에서 실시하는 신체검사)를 했을 때 박지성 선수의 심폐 기능을 체크한 의사가 말했습니다.

"미스터 박의 심장은 거의 마라톤 선수 수준이네요. 정말 대단합니다."

그는 씩 웃으며 마음속으로 말했습니다.

'이 심장으로 맨체스터 팬들을 깜짝 놀라게 할 거예요.'

박지성 선수의 심장 박동수는 1분에 40회 정도로, 마라톤 선수 이봉주(38회)와 거의 같습니다. 그만큼 쉽게 지치지 않는 심장을 가졌기에 90분 내내 그라운드를 쉼 없이 휘젓고 다닐 수 있는 것입니다.

지칠 줄 모르는 체력에 지능적인 위치 선정, 게다가 골 결정력까지 갖추었으니 퍼거슨 감독님이 반하지 않을 수 없었겠지요. 무엇보다도 감독님은 여러 가지 포지션을 동시에 소화할 수 있는 그의 멀티플레이에 높은 점수를 주었답니다.

박지성 선수는 히딩크 감독님이 만들어 낸 대표적 멀티플레이어입니다. 윙백과 중앙 미드필드, 섀도 스트라이커와 측면 공격 등 실로 다양한 플레이를 구사하면서 그라운드를 쉴 새 없이 누비고 다니죠.

그래서 그는 '발에 모터를 달고 다니는 선수', '산소탱크'로 불리고 있어요. 축구 선수에게 기본적으로 필요한 것은 스피드, 순발력, 민첩성, 전신지구력 등입니다. 그런데 그는 순발력과 민첩성이 뛰어날 뿐만 아니라, 전신지구력이 대단해서 90분 내내 쉬지 않고 그라운드 곳곳을 누비고 다닙니다. 그렇게 그라운드를 누비고 다니다 보니 박지성 선수의 리딩 능력은 뛰어날 수밖에 없고, 지능적인 멀티플레이를 펼칠 수 있는 거예요.

맨체스터 유나이티드의 퍼거슨 감독님은 그에 대해서 이렇게 평가했습니다.

"박지성을 영입한 것은 측면에서 놀라운 에너지와 스피드를 가져다줄 수 있을 것으로 믿기 때문이다. 훌륭한 양발을 가지고 있으며 이는 곧 팀의 돌파력 향상으로 이어질 것으로 본다. 박지성은 스피드와 돌파력이 뛰어나지만 특히 에너지가 환상적이다. 그는 맨체스터 유나이티드 미드필더진의 돌파력에 활력을 불어 넣어 줄 수 있는 힘을 가졌다. 오른쪽이든 왼쪽이든 가리지 않고 뛸 수 있는 다양한 재능을 가진 선수이다. 박지성은 호날두(현재 레알 마드리드)와 라이언 긱스의 대체 요원으로서 나에게 커다란 선택권을 주었다. 미드필드 지역의 어떤 포지션에서도 뛸 수 있는 능력을 가지고 있다."

축구의 제왕이 나가신다!

이기적이지 않은 신형 엔진

　"넘버 서틴(13), 지~성~ 팍~(Ji-sung Park)"

　장내 아나운서의 목소리와 관중들의 함성이 '꿈의 무대' 인 올드 트래포드를 뒤덮었습니다. 8만여 관중이 내지르는 함성이 거대한 파도처럼 퍼져 나가고 있었어요.

　박지성 선수의 플레이에 대해 관중들의 호응은 참으로 대단했습니다. 교체된 지 얼마 안 돼 30여 미터를 단독 드리블로 치고 나가자, 너 나 할 것 없이 벌떡 일어나 "우와~ 우야"하며 연신 감탄사를 내뱉었고, 여기저기에서 플래시가 번쩍번쩍 터졌습니다.

　2005년 10월 1일, 그는 풀햄과의 2005~2006년 프리미어 리그 7차전 원정경기에서 전반 16분 페널티킥을 유도해 내고 전반 18분과 45분에는 웨인 루니와 루드 반 니스텔루이의 골을 어시스트하는 등 팀의 세 골을 모두 이끌어 내는 대활약을 펼쳤습니다.

박지성 선수는 이날의 활약으로 잉글랜드 진출 이후 처음 '베스트 11'에 뽑히며 주간 최우수 선수의 영예까지 안았습니다.

그러자 영국의 언론들도 칭찬을 아끼지 않았습니다.

"박지성의 어시스트는 이기적이지 않은 플레이, 욕심을 부리지 않는 플레이의 모범이다."

그는 에너지가 넘치는 활동으로 맨체스터 유나이티드의 '신형 엔진'으로 자리를 잡았습니다.

박지성 선수가 맨체스터 유나이티드에 입단해서 뛴 18경기를 분석한 결과에 따르면, 그는 경기당 3.15개의 파울을 유도해 '팀내 파울 유도수' 1위를 차지했습니다. 파울을 많이 얻었다는 것은 그만큼 상대의 위험지역에서 활동을 많이 했다는 것을 의미하지요.

박지성 선수는 양발잡이에 지칠 줄 모르는 체력, 그라운드를 휘젓고 다니는 성실성, 그리고 어시스트에 주력하는 헌신성에 높은 평가를 받고 있습니다. 또 왼쪽 윙포워드나 오른쪽 윙포워드 등 여러 포지션을 소화해 낼 수 있는 장점 때문에 팀이 어려운 처지에 빠지면 재빨리 구원투수로 등장하곤 합니다.

그는 주로 오른쪽 윙인 크리스티아누 호날두, 왼쪽 윙인 라이언 긱스와 번갈아 가며 출전했습니다. 2006~2007년 시즌에서는 아시아 선수 최초로 프리미어 리그 우승 메달을 받았습니다.

사람들은 박지성 선수가 맨체스터 유나이티드에 입단했을 때, 후보 선수로 전락해 매일 벤치 신세를 면하지 못할 거라고 걱정했습니다. 그러나 그는 당당히 첫 번째 시즌을 성공적으로 보내며 맨체스터 유나이티드의 베스트 11이 되었습니다.

그가 맨체스터 유나이티드에서 성공적인 선수 생활을 할 수 있었던 것은 최선을 다하면 언젠가는 실력을 맘껏 펼쳐 보일 수 있는 날이 온다는 믿음을 버리지 않았기에 가능한 것이었습니다.

세계적인 축구 저널리스트 존 듀어든은 박지성 선수를 이렇게 칭찬했습니다.

"박지성은 감독들의 '꿈'과 같은 선수이다. 지칠 줄 모르는 체력을 바탕으로 팀을 위해 플레이하고, 경기에 나서지 못하더라도 불평을 늘어놓지 않는다."

뛰어난 공간 지각력을 지니고 있는 박지성 선수는 경기장 전체를 폭넓게 뛰어다니다가 경기장 어디든지 순식간에 나타나 공을 빼앗는 모습을 보여 주면서 팬들을 즐겁게 합니다.

동료인 에브라는 그에게 '유령'이라는 별명을 지어 주었습니다. 그것은 '산소탱크'에 뒤이은 또 하나의 기분 좋은 별명이죠. 또 요즘에는 챔피언스 리그의 활약을 바탕으로 '센트럴 팍'이라는 별명을 얻기도 했답니다.

크리스티아누 호날두가 박지성 선수의 바지를 보면서 호기심
가득한 눈으로 물었습니다.

"오~ 멋진데! 어디 브랜드야? 어디서 샀어?"

"이거? 한국에서 팬이 보내 준 거야."

"뭐라고? 팬이? 야, 너 나보다 인기 좋은 것 같아 샘난다."

그는 스스로 인터뷰는 물론이고 사람들 앞에 나서는 것을 좋
아하지 않는다고 말할 정도로 낯을 가리는 편입니다. 하지만 요
즘 텔레비전에 나와서 인터뷰하는 것을 보면 말을 정말 잘하고
논리 정연해 보입니다.

그는 한 번 마음을 터놓으면 둘도 없는 친구로 만듭니다. 맨체스터 유나이티드의 선수들과도 오랜 시간 동안 함께 그라운드를 뛰며 정이 들었습니다. 특히 웨인 루니나 리오 퍼디낸드 같은 소문난 악동 선수들과 친하게 지낸다고 합니다. 그것은 그가 네덜란드어면 네덜란드어, 영어면 영어에 막힘이 없기 때문이기도 합니다.

　　구사할 수 있는 언어는 한국어를 제외하고 3개 국어나 됩니다. 일본어, 네덜란드어 그리고 영어지요. 처음 해외활동을 했을 때 배운 일본어는 완벽한 수준이고 일 년 반 동안 머물렀던 네덜란드어는 간단한 의사 표현을 할 수 있습니다. 영국행을 선택하면서부터 배운 영어도 이제 현지인처럼 능숙하고, 인터넷도 영어로 검색할 정도가 되었습니다.

　　그는 훈련이나 경기가 없는 날은 인터넷 서핑과 책 읽기, 게임을 합니다. 인터넷 서핑은 주로 축구 관련 사이트나 국내 뉴스를 봅니다. 경기 후 자신의 모습이 어떻게 평가받고 있는지 살피는 것도 잊지 않고요. 이따금 국내 방송사의 오락 프로그램을 다운로드해서 보기도 합니다.

　　쉴 때는 동료들과 축구 게임을 하는데 게임 덕분에 친해진 선

여섯 번째 이야기

수도 꽤 많이 있답니다.

　또 박지성 선수는 평소에 책을 많이 읽는다고 합니다. 팬들에게 선물로 받은 책을 시간이 날 때마다 읽는데, 역사, 문학, 과학, 경영 등 가리지 않습니다. 그래서인지 박지성 선수와 대화를 해 본 사람들은 그의 해박한 지식에 놀라곤 합니다.

　그가 세계적인 축구 선수가 된 배경에는 축구 실력뿐만 아니라, 무엇이든 배우고자 하는 자세도 한몫을 차지하고 있습니다.

축구의 제왕이 나가신다!

넌 한국의 마이클 잭슨?

"또 왔어? 너 정말 대단하다. 혹시 한국에서 마이클 잭슨 같은 존재 아냐?"

박지성 선수가 훈련을 마치고 소포 꾸러미를 가슴 가득 안고 차에 타는 모습을 보면 호날도나 반 니스텔루이 같은 동료들이 입을 쩍 벌리고 부러워합니다.

팬들은 거의 매일 갖가지 선물이 든 소포와 따뜻한 마음이 실린 팬레터를 보내 줍니다. 맨체스터 유나이티드의 선수들은 모두들 내로라 하는 세계적인 선수들이지만 영국 팬들이 보내는 팬레터를 받는 것이 고작입니다. 커다란 소포 꾸러미가 날마다 날아오는 선수는 박지성밖에 없습니다. 그래서 그는 한국의 팬들 덕택에 훈련장에서 부러움의 대상이 되고 있습니다.

선수들에게 팬레터를 전해 주는 일을 하는 캐시 아주머니도 소포 꾸러미를 전해줄 때마다 놀리곤 합니다.

"혹시 이 안에 폭탄이라도 든 거 아냐? 도대체 어떻게 매일 선물이 배달될 수 있지? 지성 군은 한국에서 인기가 짱인가 봐."

팬레터와 소포를 보내는 사람들은 참으로 다양합니다. 어린 소년, 소녀에서부터 축구를 좋아하는 아저씨, 아주머니들도 있습니다. 친구들과 함께 찍은 스티커 사진을 커다란 종이에 모아 보내 준 소녀팬도 있고 박지성 선수의 얼굴을 아주 깔끔한 솜씨로 그려 보내 준 미술을 전공하는 팬도 있습니다. 팬들은 먹고 힘내라며 초콜릿과 사탕, 한국 과자들도 보내 줍니다. 어느 날은 한 올 한 올 뜨개질을 해서 스웨터를 보내 준 팬도 있었습니다.

블로그를 자주 이용하는 수비수 리오 퍼디난드는 박지성 선수에게 온 선물 사진을 찍어서 인터넷에 올리기도 했습니다. 그러자 박지성 선수의 팬들이 리오 퍼디난드 선수에게도 선물을 박스째로 보내주었습니다. 특히 쵸코 파이와 같은 과자가 많이 있었죠.

퍼디난드 선수가 "건강에 좋을지는 모르지만 맛있게 먹겠다"

축구의 제왕이 나가신다!

며 선물 사진을 또 인터넷에 올리자 한국 팬들이 더 많은 선물을 보내서 맨체스터 유나이티드 선수들은 즐거운 비명을 지르고 있습니다.

이따금 열심히 축구를 배우고 있는 소년들도 박지성 선수에게 팬레터를 보내며 자신의 꿈을 이야기하곤 합니다. 그는 시간이 날 때마다 자신의 지난날을 생각하며 꿈과 용기와 자신감을 가지라는 내용으로 답장을 해주곤 합니다.

피곤한 훈련을 마치고 집으로 돌아와 팬들의 따뜻한 마음이 담긴 팬레터를 읽노라면 훈련과 경기의 피로가 어느새 말끔히 사라진다고 합니다.

'팬이 있기에 내가 있다. 팬이 없다면 그저 동네에서 취미로 공을 차는 사람과 다를 바 없을 것이다.'

박지성 선수는 팬들에게만 인기가 있는 것이 아닙니다. 그는 경쟁자라고 볼 수 있는 팀 동료들에게도 인기가 최고랍니다.

스물아홉 살 청년 박지성의 생일을 맞아, 단짝 친구이자 세계적인 축구선수 패트릭스 에브라와 카를로스 테베즈 선수가 깜짝 생일 파티를 열어 주었습니다. 맨체스터 유나이티드의 주장이자 세계 최고의 미드필더인 라이언 긱스는 박지성 선수에 대해서 이렇게 말합니다.

"모든 사람들이 지성이와 친구죠. 아주 친절하거든요. 팀의 모든 사람들이 지성이를 좋아합니다. 특히 테베즈, 에브라와 지성이가 아주 친한데, 참 특이한 조합이죠. 굳이 세 명을 붙여 놓지는 않는데, 세 명이 아주 친합니다."

축구의 제왕이 나가신다!

두 번째 이야기

네 번째 이야기

세 번째 이야기

일곱 번째 이야기

여섯 번째 이야기

캡틴 박의 부드러운 카리스마

박지성 선수는 허정무 감독님이 이끄는 '2010년 남아공 월드컵' 대표팀의 주장을 맡았습니다. 1998년부터 2000년까지 국가 대표팀과 올림픽 대표팀 감독을 겸한 허정무 감독님은 명지대학교에 갓 입학한 무명의 박지성 선수를 대표팀 선수로 깜짝 발탁한 남다른 인연을 가지고 있습니다.

열아홉 살 어린 선수가 10년 후 세계적인 선수가 되어 믿음직한 주장으로 돌아왔다는 생각만 해도 가슴이 벅찬 일일 것입니다. 허정무 감독님은 박지성 선수가 자식 같다며 허허 웃으셨습니다.

허정무 감독님이 박지성 선수보다 고참인 이운재 선수, 이영표 선수가 있는데도 그에게 주장 완장을 준 이유는 무엇일까요? 우리 대표팀에 나이 어린 선수들이 많이 있어 중간 역할을 할 사람이 필요했고, 무엇보다 세계무대에서 경험을 많이 한 '박지성'을 선택한 것입니다.

과감한 세대교체를 단행했던 허정무 감독님의 선택은 탁월했습니다.

2008년 10월 11일 우즈베키스탄과의 평가전에서 노란 주장 완장을 처음 찬 박지성 선수는 뛰어난 리더십으로 선수들을 휘어잡았고, 그라운드에서도 결정적인 순간마다 골을 만들어냈습니다.

유럽 최고 무대에서 인정한 강철 체력과 넓은 시야, 역동적인 움직임을 유감없이 발휘한 것이지요. 우선 그는 월드컵 3차 예선과 최종 예선전을 통해 5골을 기록했습니다. 이는 대표팀 선수 중에서 가장 많이 넣은 것이죠.

2009년 2월 11일, 적지인 테헤란에서 벌어진 이란과 가진 최종예선 4차전에서 0 대 1로 뒤지던 후반 35분 극적인 동점골을 터트려 대표팀을 패배 위기에서 구해낸 일은 박지성 선수의 가치를 더욱 높였습니다.

축구팬들은 왼쪽 팔뚝에 완장을 두르고 그라운드를 누비는 박지성 선수를 언제부턴가 '캡틴 박'이라고 불렀습니다.

한국과 사우디아라비아의 경기가 열린 서울월드컵경기장. 경기 전 몸을 푸는 '주장' 박지성의 얼굴이 대형 스크린을 통해 비치자 관중석이 술렁였습니다.

'캡틴 박'의 인기는 역시 하늘을 찔렀습니다.

축구팬들은 세계적인 스타 박지성 선수를 볼 수 있다는 생각에 흥분을 감추지 못했습니다. 특히 출전 선수 소개 때 박지성 선수의 이름이 불리자 누구랄 것 없이 뜨거운 환호를 보냈습니다. 그도 팬의 환호에 화답하듯 경기가 끝난 뒤 관중석을 향해 박수를 보냈습니다.

박지성 선수가 주장 완장을 차고 팀을 리드하면서 대표팀은 7경기 연속 무패행진(5승 2무)을 질주하며 7회 연속 월드컵 본선행을 확정지었습니다. 한국의 7회 연속 월드컵 본선 진출은 아시아 최초 기록입니다.

남아공행 티켓을 손에 쥔 그는 주장으로서 한마디 했습니다.

"선배들이 이루어낸 업적을 계속 이어갈 수 있어 기쁩니다.

오늘 승리로 한국이 아시아 축구의 최강자라는 사실을 확인했습니다. 목표를 위해 열심히 뛰어준 선수들에게 고맙습니다."

아랍에미리트연합(UAE)과 맞대결을 앞두고 있었던 허정무 감독님은 "지성이는 팀이 어려울 때 진가를 발휘하는 선수다"라고 말했는데 그의 예언은 그대로 맞아 떨어졌습니다.

위기에서 더욱 빛나는 사나이 박지성! 박지성 선수가 주장을 맡은 이후, 대표팀의 분위기는 180도 달라졌습니다.

그동안 한국 축구의 주장은 강한 카리스마를 내세운 선수들이었습니다. 홍명보 청소년대표팀 감독님을 비롯해 이운재, 김남일 등 아주 강해 보이는 선수들이었죠. 하지만 박지성 선수는 전혀 다른 부드러움으로 선수들을 이끌었습니다.

"말보다는 행동이 중요하다."

박지성 선수는 주장의 권위를 내세우는 일이 거의 없습니다. 후배들보다 먼저 움직이며 '솔선수범'을 몸으로 실천하는 스타일입니다. 후배들 입장에서는 맨체스터 유나이티드에서 뛰는 대스타가 먼저 움직이니 따라갈 수밖에 없는 것이지요.

그는 팀 미팅 30분 전에 먼저 나와 코칭스태프와 그날 이야기할 내용을 사전에 주고받습니다. 주장으로서 미리 내용을 숙지하고 미팅 시간에 후배들의 이해를 돕기 위한 것입니다.

선수들이 모여 이야기를 할 때도 아주 짧게 할 말만 합니다. 그래서 더 전달력이 강하다는 게 선수들의 이야기입니다. 대표팀 막내들과도 스스럼없이 지내고, 자신을 어려워하는 후배에게는 먼저 다가갑니다. 자신도 10년 전 올림픽팀 막내였으니 그들의 심정을 누구보다 잘 알고 있는 것입니다.

경기 도중에도 선수들과 차근히 이야기를 주고받으며 의견을 조율해 나갑니다.

이런 부분들이 모여 탄탄한 팀워크를 만들고, 그것은 곧 경기의 결과로 나타납니다. 부드럽게 이끄는 그의 파급력은 실로 엄청났습니다.

또, 주장으로서 선수들을 다독이는가 하면, 감독을 대신해 선수들의 정신 무장을 촉구하는 역할도 마다하지 않았습니다.

박지성 선수는 월드컵 본선 진출의 고비가 된 원정 경기를 앞두고는 이렇게 말했습니다.

"조국이 있기에 우리가 존재한다. 최종 엔트리에 속하지 않더라도 실망하지 말자. 팀이 잘돼야 계속 좋은 기회를 주는 만큼 모두 승리를 위한 한뜻으로 아랍에미레이트전에 임했으면 한다."

노를 젓는 뱃사공들이 각자 가고 싶은 데로만 가면 배가 어디로 갈까요? 그가 무엇보다 중요하게 생각한 것은 선수들의 단합이었습니다.

2010년 남아공 월드컵

박지성 선수는 2002년 한일 월드컵에서 이름 석 자를 알리고, 2006년 독일 월드컵을 거쳐 2010년 남아공 월드컵까지 3회 연속 월드컵 무대를 밟았습니다. 한일 월드컵 당시 박지성 선수는 대표팀에서 막내였습니다. 하지만 8년이 지난 이번 대회에서는 박지성은 서른 살을 바라보는 나이가 되었고, 대표팀의 주장이라는 막중한 임무까지 맡았습니다. 그래서 박지성 선수는 이런 말을 했습니다.

"2002년에는 월드컵이 뭔지도 모르고 뛰었고, 2006년에는 월드컵이 얼마나 중요한 대회인지를 마음에 담고 뛰었습니다. 이번에는 마지막 대회가 될 수도 있기 때문에 조금은 더 간절한 월드 컵이 될 것입니다."

한국 팀은 남아공월드컵 예선에서 예선전 무패라는 우수한 성적으로 본선에 진출했습니다. 박지성 선수는 2002 한일월드컵 16강을 확정짓던 포르투갈전의 골을 남아공에서 재현하고 싶었습니다. 마지막이라는 각오로 남아공 월드컵에 임한 것이죠.

드디어 6월12일, 월드컵 B조의 첫 경기인 한국과 그리스전이 열렸습니다. 전반 7분, 이정수 선수가 선제골을 터트리며 선수들의 기를 살려주었습니다. 그리고 후반 7분 드디어 캡틴 박지성이 화려한 개인기를 발휘하며 환상적인 두 번째 골을 넣었지요. 3명의 수비 선수가 붙어 있었는데, 그는 그 선수들을 모두 제치고 수비 선수의 태클을 살짝 피하면서 역모션으로 골키퍼의 눈을 속이고 슛을 했습니다. 골은 여유 있게 네트를 갈랐고 수비수와 골키퍼는 멍청하게 골이 들어가는 것을 바라보아야만 했습니다.

그날 한국은 압도적인 시합을 펼친 가운데 그리스를 2 대 0으로 완파했습니다. 박지성 선수는 이날의 쐐기골로 지난 2002년 포르투갈전, 2006년 프랑스전에 이어 3개 대회 연속 골을 넣음으로써 아시아 선수로는 처음으로 월드컵 3회 연속골을 넣는 대

13번 박지성의 영원한 꿈

기록을 수립했습니다. 월드컵 역사상 최다 연속골은 '축구황제' 펠레가 세운 것입니다. 펠레는 1958년 스웨덴 월드컵부터 은퇴 전 마지막 월드컵이었던 1970년 멕시코 월드컵까지 4개 대회 연속골을 기록했습니다. 그래서 많은 축구팬들이 박지성 선수가 2014년 브라질 월드컵에서 월드컵 4개 대회 연속골을 기록하게 되기를 기원했습니다.

남아공 월드컵에서의 두 번째 상대는 세계 최강팀으로 알려진 아르헨티나였습니다. 아르헨티나는 강팀이었습니다. 한국 팀은 운도 따라주지 않아서 1 대 4로 지고 말았습니다. 하지만 우리 선수들은 선전을 계속해서 결국 원정 경기에서 16강에 올랐습니다.

16강전 상대는 남미의 강팀인 우루과이였습니다. 한국은 전반 7분 우루과이의 루이스 수아레스에게 1골을 너무 쉽게 내줬습니다. 경기 중간에 비가 내리기 시작했지만 우리 선수들은 빗속에서 공격적인 플레이를 벌였습니다. 후반 22분, 장대비 속에서 기성용 선수가 프리킥을 찼습니다. 우루과이 수비가 걷어내려고 머리를 갖다 댄 공이 튀어오르자, 이청용 선수가 침착한 헤딩 숏으로 골 망을 갈랐습니다. 1 대 1이 되었습니다. 이청용의 동점골 이후 한국은 매서운 공격으로 우루과이를 몰아쳤습니다. 박지성 선수가 혼자 50미터 가량 시원스런 드리블로 적진 깊숙이 밀고 들어가면서 전세가 확 바뀌는 것 같았습니다.

그런데 슛한 골이 골대에 맞아 나오고 심판이 석연치 않은 판정을 하는 등 운이 따라주지 않습니다. 결국 루이스 수아레스에게 한 골을 더 내주고 2 대 1로 지고 말았습니다. 하지만 한국은 우루과이를 압도하며 시종일관 공격적인 플레이를 선보여 아시아 최강의 면모를 과시했습니다. 정말 아쉬움이 많이 남는 경기였습니다. 우리 선수들은 남아공 월드컵에서 사상 첫 원정 월드컵 16강 진출을 이룬 것에 만족하면서 다음 브라질 월드컵에서는 다시 한 번 4강 신화를 이룰 것을 다짐했습니다.

후배들을 위해 물러납니다

2011년 1월 31일, 한국 축구 국가대표팀 주장 박지성 선수는 공식적으로 대표팀 은퇴를 발표했습니다. 축구회관 5층 대회의실은 최고 스타의 은퇴식답게 몰려든 사람들로 꽉 차서 정신이 없을 정도였습니다. 취재진은 150명이 넘었고 몇몇 방송국은 은퇴 기자회견을 생방송으로 중계하기도 했습니다. 수많은 팬들이 복도며 건물 밖에서 박지성 선수의 은퇴를 아쉬워했습니다.

짙은 회색 양복을 말끔하게 차려입은 박지성 선수가 나타나자 카메라 플래시가 쉴새없이 터졌습니다. 단상에 오른 박지성 선수는 은퇴 소감을 이렇게 말했습니다.

"21살 때 2002 한일월드컵을 계기로 제가 성장할 수 있는 기회를 맞았던 것을 생각해서라도, 세대교체를 통해 후배들에게 좋은 기회를 열어주는 것은 반드시 필요하다고 생각합니다. 저는 오늘 대표팀 은퇴 발표를 통해 대한민국 축구 대표팀이 뛰는 그라운드를 떠나지만, 항상 한국 축구를 생각하며 또 다른 방향을 통해 기여할 수 있도록 새롭게 도전할 것입니다. 축구 팬 및 국민 여러분의 지속적인 성원 부탁드립니다."

훌륭하게 성장하고 있는 후배들에게 자신의 자리를 비워주는 것이 한국 축구 대표팀을 위해서 또 자신을 위해서 가장 좋은 결정이라고 생각했기 때문에 은퇴를 한다는 것입니다.

박지성 선수는 은퇴 기자회견에서도 "부상이 없었으면 계속할 수 있었을 것이다"라고 말하기도 했는데 부상에 따른 체력적인 부담을 많이 느껴서 은퇴를 앞당기게 된 것으로 보입니다.

사실 박지성 선수는 2003년과 2007년 두 차례나 큰 무릎 수술을 받았으면서도 국가가 부르면 언제든지 달려왔습니다. 남아공 월드컵을 앞두고 있었던 2009년에는 대표팀 경기에 참여하느라 11번이나 한국과 영국을 오갔습니다. 그는 10년 9개월 동안 국가대표선수로서 13골을 넣었고, 3회 연속 월드컵 본선에서 활

13번 박지성의 영원한 꿈

약하며 아시아 선수 중 가장 많은 3골을 기록했습니다.

이제 2002년 포르투갈전에서 골을 넣고 아이처럼 히딩크 감독에게 달려가던 모습, 일본과의 평가전에서 골을 넣고 일본 응원단을 지긋이 노려보던 모습, 그리고 2010년 그리스전에서 골을 넣고 팔을 빙빙 돌리며 뛰어다니던 모습을 보기는 힘들겠지만 그 기억만은 영원히 남을 것입니다.

박지성 선수가 국가대표로서 우리나라에 남긴 것이 골만은 아닙니다. 한국 국가대표에 박지성이 있다는 사실 하나만으로도 다른 팀들은 한국을 경계했고, 동료 선수들은 자신감을 가졌습니다.

동양의 이름 없는 나라에서 온 축구팀에서 맨체스터 유나이티드에서 활약하고 있는 박지성이 있는 팀이 된 것입니다. 그 자신감을 통해서 국제 대회에서 성적은 날로 좋아졌습니다.

이제 박지성 선수는 없겠지만 그가 남겨놓은 훌륭한 자산들이 있습니다. 박지성 선수가 유럽에서 성공을 함으로써 한국 선수들이 유럽에 쉽게 진출할 수 있었습니다. 영국에서 활약하고 있는 이청용 선수가 있고, 스코틀랜드의 기성용, 차두리 선수, 프랑스의 박주영 선수 등 기라성 같은 선수들이 든든하게 박지성 이후의 국가대표를 지키고 있습니다.

　비록 경기장에서 박지성 선수는 은퇴하지만 그의 행동 하나하나는 여전히 한국의 국가대표일 것입니다.

박지성 선수는 '산소탱크'라는 별명답게 90분 내내 그라운드를 휘저으며 특유의 공간 축구를 하고 있습니다. 그는 휘슬이 울리자마자 그라운드를 누비며 경기장 전체를 폭넓게 뛰어다닙니다.

탁월한 공간 장악력과 활발한 움직임으로 경기장 어디든지 순식간에 나타나 공을 뺏는 모습을 보여주기 때문에 동료 파트리스 에브라는 이런 말을 했어요.

"지성! 배터리 좀 빼고 다녀! 너무 많이 뛰고 있잖아!"

하지만 경기 후 집계를 보면 박지성 선수가 매번 최고의 활동

량을 기록하는 것은 아닙니다. 실제로 TV로 볼 때도 그가 엄청나게 많이 뛰는 것은 아니라는 것을 알 수 있습니다.

　박지성 선수는 감독님의 전술을 잘 이해하고 있기 때문에 넓은 시야를 기본으로 영리하고 역동적인 움직임을 유감없이 발휘하는 것입니다. 어디서 뛰어야 할지 잘 알고 있기에 함께 뛰는 선수들이나 상대 선수들이 '사라졌다가 순식간에 나타난다'고 말하는 겁니다.

　박지성 선수는 정말 절묘하게 공간을 틀어막으면서도 같은 팀의 다른 선수를 방해하지 않습니다.

　박지성 선수는 적극적인 수비 가담과 공격 가담으로 팀의 분위기를 바꾸고 다른 선수들이 뛰기 편하도록 길을 터줍니다. 그것이 박지성 선수가 항상 같은 팀 선수들에게 칭찬받는 이유고 여러 감독들이 혀를 내두르는 이유이기도 합니다.

　양발을 모두 사용할 수 있기 때문에 박지성 선수는 좌측과 우측 어느 쪽에서나 뛸 수 있다는 장점을 갖고 있습니다. 수준급의 패싱 능력과 스피드를 가지고 박지성 특유의 투기와 끈기를 발휘해서 고비 때마다 한 방을 터트리는 것입니다.

　그런 특성들 덕분에 박지성 선수는 중요한 경기에 강한 선수로

정평이 나 있습니다.

2011년 4월 13일 박지성 선수는 맨체스터 유나이티드의 홈구장에서 열린 첼시와의 유럽축구연맹 챔피언스리그 4강을 가리는 게임에서 참으로 멋진 한 방을 터트렸습니다.

맨체스터 유나이티드는 전반전에 한 골을 넣어서 리드를 하고 있었습니다. 그런데 후반 32분 첼시의 공격수 디디에 드로그바에게 동점골을 내주고 말았습니다. 앞서 가다가 1 대 1 상황이 되자 게임의 분위기가 뒤바뀌는 듯 했으나 첼시의 희망은 단 21초 만에 끝났습니다.

동점골을 허용하고 곧바로 공격에 나선 박지성 선수가 결승골을 성공시킨 것입니다.

라이언 긱스가 페널티 지역 왼쪽에서 교묘하게 공을 패스하자 박지성 선수는 재빨리 달려들어 가슴으로 공을 떨군 후 정확한 왼발 대각선 슈팅으로 첼시의 골문을 갈랐습니다. 이 골은 자칫 최악의 상황이 될 수도 있었던 맨체스터 유나이티드를 구한 결정적인 한 방이었습니다.

박지성 선수는 이 득점으로 시즌 7호골을 터트린 가운데 챔피언스리그 통산 5호골을 기록했습니다.

그날 결승골은 눈가가 찢어지고 피 흘리는 가운데 이루어진 부상 투혼이라서 더 큰 감동을 주었습니다. 박지성 선수는 전반 21분 예기치 않은 부상을 당했습니다.

첼시의 수비수와 공중볼을 다투다 부딪히는 바람에 왼쪽 눈가가 찢어진 것입니다.

왼쪽 눈가에서 흐르는 피가 뺨을 타고 흘러내려 새벽잠을 참으며 중계를 지켜보던 국내 축구팬들을 안타깝게 했습니다. 그러나 응급조치를 받은 박지성 선수는 더 열심히 뛰었고 90분 내내 그라운드 곳곳에 그가 있었습니다. 결국 박지성의 부상 투혼은 드라마 같은 결승골로 이어졌습니다.

경기가 끝난 후 감독과 동료, 팬들의 입에서 나온 한마디는 '그레이트 박'이었습니다. 맨체스터 유나이티드의 알렉스 퍼거슨 감독님은 경기가 끝난 후 구단 홈페이지에 실린 인터뷰에서 결승골을 뽑아낸 박지성에게 아낌없는 찬사를 보냈습니다.

"박지성은 환상적인 플레이를 보여줬다. 그는 어느 곳에 두어도 기대 이상의 플레이를 펼치는 선수다. 특히 박지성은 큰 경기에서 득점하는 기록을 이어갔다. 정말 환상적인 마무리였다."

맨체스터 유나이티드의 2 대 1 승리를 이끈 박지성에게 곳곳

13번 박지성의 영원한 꿈

의 찬사가 쏟아졌습니다.

영국 BBC 방송은 홈페이지 스포츠면 메인화면에 '박지성이 첼시를 유럽 밖으로 몰아내다' 라는 기사를 올리면서 "맨체스터 유나이티드가 유럽축구연맹 챔피언스리그 4강 자리를 차지한 것은 박지성의 공이 크다"고 평가했습니다. 그동안 박지성 선수에 대한 평가에 인색했던 맨체스터이브닝뉴스는 박지성 선수를 최우수선수에 해당하는 '스타맨' 으로 선정하고 그에게 10점 만점에 9점을 주었습니다.

영국 현지 팬들이 인터넷에 올린 글에는 이런 내용도 있었어요.

"난 이 환상적인 골을 믿을 수가 없어 계속이고 반복해서 보았다. 박지성은 너무 아름답고 우리가 사랑할 수밖에 없다."

최근에 박지성 선수는 53년 권위를 자랑하는 축구 만화에 주인공으로 등장하기도 했습니다. 박지성 선수가 그런 만화의 주인공이 되었다는 것은 그가 그만큼 프리미어리거로서 입지를 굳혔다는 뜻일 것입니다.

'맨유' 와 같은 명문 구단은 입단하는 것 이상으로 오랫동안 활약하는 것이 힘든 곳입니다. 그런데 그곳에서 박지성 선수는

‘수비형 윙어’의 창시자라는 평가를 받으며 특유의 축구 스타일로 세계무대에서 이름을 날리고 있습니다. 박지성 선수가 대한민국을, 아니 세계를 흥분시킬 ‘박지성 타임’은 이제 시작입니다.

박지성 선수는
어떤 미래를 꿈꾸고 있을까요?

많은 사람들은 박지성 선수가 머리도 좋고 축구를 잘 이해하기 때문에 감독을 해도 아주 잘할 것이라고 말을 합니다. 그런데 박지성 선수의 생각은 좀 다른 모양입니다. 매일 피말리는 전술 싸움을 해야 하고 선수들에게 모진 말도 해야 하는 것은 성격과 맞지 않다고 합니다. 그래서 그는 축구 행정가를 꿈꾸고 있습니다.

축구로 세상을 밝게 만드는 일을 하고 싶은 것입니다. 펠레나 지단 같이 말이죠.

박지성 선수는 은퇴 후 사회에 공헌하기 위해 박지성 재단을 만들었습니다. 박지성 재단은 축구에 재능은 있으나 불우한 어린이나 청소년들에게 마음껏 기량을 펼칠 수 있도록 지원하는 일을 합니다. 또 축구를 통해 나눔을 실천할 수 있는 다양한 프로그램도 개발할 예정이죠.

박지성 재단은 첫 사업으로 2011년 6월 15일 베트남에서 자선 경기를 개최합니다. 박지성 선수는 물론이고 박지성 선수와 뜻을 같이하는 이청용 선수, 기성용 선수 등이 참가합니다. 지금은 은퇴한 일본의 축구 영웅 나카타 히데토시 선수도 같이하겠다고 이미 말했죠.

박지성 선수는 매년 이런 자선 경기를 개최할 예정인데, 수익금은 전부 현지 유소년 축구 발전을 위해 사용하겠다고 합니다. 정말 축구를 위한 베풂이 무엇인지 알려주는 뜻 깊은 행사입니다.

국내 유명인들도 박지성 재단과 함께 하겠다고 했습니다. 유명 스포츠 스타는 물론 많은 연예인까지 참여하고 있습니다.

박지성 선수가 또 신경 쓰고 있는 것은 유소년 축구입니다. 박지성 선수는 유럽에서 생활하면서 유럽 축구가 강한 이유는 유소년 축구 시스템이 잘 갖춰져 있기 때문이란 것을 느꼈습니다. 그는 어릴 때부터 잘 갖춰진 환경과 잔디밭에서 뛰는 아이들을 보고 많이 부러웠습니다. '나도 어렸을 때부터 이런 환경에서 축구를 했다면 더욱 잘 했을 텐데……'

그래서 박지성 선수는 '박지성 축구 센터'를 만들었습니다.

박지성 축구 센터를 통해서 유소년 축구와 축구 문화를 발전시켜서 한국에서도 주말이면 자연스럽게 가족이 손을 잡고 축구장에 가는 모습을 꿈꾸는 것입니다.

앞으로 박지성 선수는 박지성 재단과

축구 센터를 통해 한국 축구의 미래를 활짝 열어줄 것입니다.

　다른 많은 것이 있지만 무엇보다도 박지성 선수가 어린이들에게 남겨준 가장 큰 선물은 노력하면 무엇이든 이룰 수 있다는 것을 보여준 박지성 선수 본인일 것입니다.